Jorge Luis
Borges
          Adolfo
BioyCasares

Un modelo para la muerte

死亡的样板

[阿根廷] 豪尔赫·路易斯·博尔赫斯　阿道夫·比奥伊·卡萨雷斯 著

施杰　李雪菲 译

上海译文出版社

比这些昆虫更小的昆虫,又来折磨它们。

——大卫·休谟《自然宗教对话录》第十章[1]

最小的沙粒也是旋转的球体
像地球一样牵着悲哀的人群
他们彼此嫌弃、迫害、憎恨不止
球体都相同,哪怕小到不被觉察
自我吞噬;仇恨在贪饿的深处。
沉思者侧过半边耳朵,会听见,
母老虎的怒号,狮子般的咆哮,
响彻亿万微小如侏儒的宇宙。

——维克多·雨果《上帝》,其一

1 见大卫·休谟《自然宗教对话录》,陈修斋、曹棉之译,商务印书馆,2002年。

假 以 为 序

结果他还请我写个"假以为序"！我这舞文弄墨的都退休多久了，就一老废物了，可我跟他说了也不好使。打从最一开始，我就想一斧头把我这位小朋友的幻想给砍了：我说这位新来的啊，不管你愿不愿意，都还是死了这条心吧，我写东西的笔啊——就跟塞万提斯那支一样，哎哟喂——现在都跟炊具挂在一起了，我的生活也从秀丽的文学转到了共和国产粮区，从邮船年鉴[1]转到了农业部年鉴，从纸上的诗歌转到了维吉尔的锄犁在潘帕斯草原上犁出的诗歌（这话说得多圆满啊，小伙子们！我这小老头还是有点儿功力哈）。然而，苏亚雷斯·林奇还是凭着耐心和口水达到了他的目的：这会儿我正挠着我的秃瓢呢，

我面对着这位老朋友

他的名字叫作记述者

（瞧这小老头把我们给吓得！快别取笑他了，承认他是个诗人吧）。

除此之外，谁说这瓜娃子就没优点了呢？确实，正如一九〇〇年以来的所有文人一样，他也读过了托尼·阿希塔[2]的那本小册子（凡能看到它的地方，人们都认他是位杰出的文学家），从而被直接打上了那个不可磨灭的、且将永远留存于他精神中的烙印。还没断奶的可怜宝贝儿：与抒情的碰撞直直冲上了他的脑门儿。最初是毫无理智的迷恋，他见自己只需打破一切，就能搞出一篇长文来，连书法专家巴西利奥

1　1901年起在阿根廷发行的一本由读者参与的年鉴，创刊人为一邮船公司经理。
2　本名安东尼奥·阿依塔（Antonio Aita，1895—1946），阿根廷教育家、作家，致力于传播美洲文化。

博士（在他神志不怎么清楚的情况下）都会认定它出自大师那支著名的苏奈肯；而在此之后呢，则是脚下生烟的感觉，他发现了他身上那种特质的萌芽，那是最能检验作家成色的瑰宝：个人印记。早起的鸟儿有虫吃嘛。第二年，正当他在蒙特内格罗的商号排队的当儿，一个幸运的巧合就把一部智慧而有益的作品送到了他的水豚皮手套里：《拉蒙·S.卡斯蒂略[1]博士传略》；他把书打开到第一百三十五页，当头就碰上了这么个句子，他迅速用墨水笔把它们抄了下来："科尔特斯将军，他说，他带来了国家高级军事研究中的语言，将与之有关的一些问题送进了普罗大众的知识领域，在现今时代，它们已经不再仅仅是专业事务了，而是成为覆盖面更广的普遍问题。"读到这样漂亮的句子，他摔门似的冲了出去，又魔怔般的撞进了另一段文字，写的是……"鱼雷男"劳尔·瑞

---

1 Ramón S. Castillo Barrionuevo（1873—1944），阿根廷总统（1942—1943）。

冈蒂[1]。还没等中央水果市场的钟声敲响西班牙炖牛肚的时辰，这位小伙子已在脑中将他的第一份稿件与另一些几乎完全相同的拉米雷斯将军[2]传略大体上楔死在了一起。他没花多久就完成了这部作品，可在修改校样时，他额头上渗出冷汗，那些铅字明明白白地显示着，这部被绑住了手脚的小作品是毫无独创性的，它更像是上文提到的第一百三十五页的复制品。

即便如此，他也没有被那些真诚而有建设性的评论搞晕；他不住默念着：妈的！现在的要务是稳固的个人特征。于是下一秒，他就扯下了传记体的内萨斯衬衣[3]，转而穿上了更符合时下人们需求的散文体的西蒙靴：阿尔弗雷多·杜

1　Raúl Riganti（1893—1970），阿根廷赛车手。
2　Pedro Pablo Ramírez Machuca（1884—1962），阿根廷总统（1943—1944）、将军，曾任拉蒙·卡斯蒂略总统的国防部长，被革职后，以武装政变推翻卡斯蒂略政府，成为阿根廷实际统治者。
3　Shirt of Nessus，害死了赫拉克勒斯的毒血衬衣。

豪[1]的《屠龙王子》中最精髓的一段为他提供了这种风格的范例。站稳了,旱獭们[2],现在就让我来教给你们牛奶的甘甜:"为了创造出一部有生命力和活力的大银幕作品,我会毫不犹豫地献出这个小故事,它诞生成长于我们城市最中心的街区——一个令人动容的爱情故事;它的一幕幕是如此真挚,且出人意料,就像那些在幸运的院线中大获成功的电影。"你们也别想着这块坯料是杜豪用自己的指甲一下下抠出来的了,这是我们文学界里顶着皇冠的那个脑袋,维西利奥·吉列尔莫内[3]让给他的;他把它记了下来,借为私用,而现如今,他又不需要它了,因为他已经成为贡戈诗社的一员。来自希腊的礼物[4]!那段短小的文字终于还是成为了让画

---

1 Alfredo Duhau,十九世纪晚期的阿根廷剧作家,《屠龙王子》刊载于《小说周刊》。
2 阿根廷土语,意为"不聪明的人、懒人"。
3 暗指阿根廷散文家、诗人、剧作家、记者奥梅罗·古列尔米尼。
4 指特洛伊木马,意为"暗藏杀机的礼物"。

家打破调色盘的那些景致之一。我们的学徒挥洒着颜料，重现一部关于初领圣体的小小说所突显出的精致，而在那部小小说上署名的，正是名叫布鲁诺·德·古维尔纳蒂斯[1]的那位伟大的不知疲倦者。不过螃蟹先生[2]，这个还是放到之后再说吧：林奇创作出的这部小小说更像是一篇关于黑人法鲁乔法案[3]的报告，可它不仅让他获得了历史学院颁发的荣誉大奖，更让他走进了巴尔瓦内拉区的黑人和混血人群。可怜的小乳猪！幸运的垂青让他冲昏了头脑，兵役节那天天还没亮呢，他就恣意挥洒了一篇长文，谈的是里尔克的"自己的死亡"，这位作家表面植根于共和国，却是个不折不扣的天主

---

[1] 帕罗迪系列小说中的人物，一位致力于文学事业的神父，其姓氏源自与博尔赫斯相识的意大利作家安杰洛·德·古维尔纳蒂斯。
[2] 布斯托斯·多梅克自己的绰号。
[3] 非洲裔阿根廷国民英雄安东尼奥·路易兹（Antonio Ruiz，1892—1964）的绰号。在此，作者借黑人法鲁乔法案暗讽由庇隆政府推动的颇具争议的农工法。

教徒。

别朝我扔锅盖啊，还扔完锅盖扔锅子！这些事都发生在那天之前——我并不会因为我失声了，就拥有更多的发言权——那天，上校们手执笤帚，给我们的阿根廷大家庭带来了些秩序。我指的是六月四日[1]——还是把它摆回到双层蒸锅上吧（半道停一下，小伙子们，我是带着绢纸和梳子[2]来的，就让我弹上一小首进行曲呗）。当那个金光闪闪的日子在我们眼前显现时，整个阿根廷都在随之震颤，连最麻木不仁的人都无法从这波运动的浪潮中抽身。而苏亚雷斯·林奇呢，他既不笨又不懒，便以我为向导，开始了他的回报行动；我的《伊西德罗·帕罗迪的六个谜题》为他指明了方向，什么才是真正的独创性。最令我意想不到的一天，我正喝着一口口

---

[1] 指四三年革命，即1943年6月4日，拉米雷斯、庇隆等人推翻卡斯蒂略政府的军事政变。
[2] 阿根廷常用梳子制作绢花。

的马黛茶、用推理专栏解闷提神呢，我突然一个激灵，读到了关于圣伊西德罗下城区之谜的第一波消息：说不定之后它就能成为帕罗迪先生臂章上的又一道军阶呢？撰写该系列小说本来是我的专属义务，可是，既然当时的我连一呼一吸都埋进了一位兄弟国总统的传记之中，就把这谜案让给了这位新手。

我是第一个承认的，这小子的劳动值得赞赏，也相当老练，当然瑕疵也是有的，学生么，下笔的时候难免有点哆嗦。他大胆使用了漫画笔法，着墨过重了。更要命的是，朋友们：他犯下了不少细节上的错误。要不是背着那个痛苦的任务，我还不想结束我的序言呢，任务是古诺·芬格曼博士交给我的，他以反希伯来救援组织主席的身份委命我在此辟谣（且并不妨碍他已经启动的法律程序），他并没有穿过"在第五章中凭空想象出来的与之不相称的服饰"。

还是下回见吧。愿你们被小雨淋上一阵儿[1]。

H. 布斯托斯·多梅克

一九四五年十月十一日

普哈托

---

[1] 阿根廷黑话中略带戏谑的告别方式,祝愿对方好运又不必太过好运。

主 要 人 物

玛丽亚娜·鲁伊斯·比利亚尔瓦·德·安格拉达：阿根廷贵妇。

拉迪斯劳·巴雷罗博士：三A会（阿根廷原住民运动者联合会）法律顾问。

马里奥·邦凡蒂博士：阿根廷语法学家，语言纯正癖者。

布朗"神父"：假冒牧师，国际强盗团伙头目。

宾堡·德·克鲁伊夫：洛洛·比古尼亚之夫。

洛洛·比古尼亚·德·克鲁伊夫：智利贵妇。

古诺·芬格曼博士：三A会出纳。

克劳夫迪亚·费奥多罗夫娜公主：赫瓦西奥·蒙特内格

罗之妻，经营阿韦利亚内达街一处场所。

马塞洛·N. 弗洛格曼：在三A会中打杂。

哈拉普"上校"：布朗"神父"团伙成员。

托尼奥·勒·法努博士："钻石王老五"，或如奥斯卡·王尔德所说，"缩小版的梅菲斯特，嘲弄着大多数人"[1]。

赫瓦西奥·蒙特内格罗：阿根廷贵族。

奥滕西娅·蒙特内格罗，"潘帕斯"：布宜诺斯艾利斯女孩，勒·法努博士之女友。

伊西德罗·帕罗迪先生：原为南区理发师，现为国家监狱囚犯，在牢房中解决着各种谜案。

"小酒肚"佩雷兹：爱挑事的纨绔子弟，奥滕西娅·蒙特内格罗的前男友。

男爵夫人普芬道夫-迪韦努瓦：持多国国籍的贵妇。

图利奥·萨维斯塔诺：布宜诺斯艾利斯人，好说大话，新公正酒店房客。

---

[1] 王尔德用以形容其亦敌亦友的画家惠斯勒时的说辞。

一

"先生是本地人吧？"马塞洛·N.弗洛格曼（又名科利凯欧[1]·弗洛格曼，又名"落水狗"弗洛格曼，又名阿特金森·弗洛格曼，《突袭》月刊之编辑兼印刷工兼上门送货员）怀着渴求的羞怯小声问道。他选择了二七三号监室的西北角蹲坐下来，从阔腿裤深处摸出段甘蔗，满脸口水地嗑了起来。帕罗迪不高兴地瞅了他一眼：这位入侵者金色头发，一副营养不良的样子，又矮又秃，脸上又是麻子又是褶的，臭熏熏地微笑着。

"真是这么着的话，"弗洛格曼接着说道，"我可就放开说了啊，我一直都这样儿。跟您坦白讲吧，我不信那些外国佬，加泰罗尼亚人也一样。当然了，现在我暂时是躲到暗处了。

连在那些战斗文章里,照理我是不怕露面的,但我换笔名也是换得够勤的,从科利凯欧到品岑,从卡特列尔到卡尔夫古拉[2]。我特别谨慎,把自己锁在最严格的条条框框里,可到了长枪党[3]倒台的那天,我就跟您说吧,我肯定要比跷跷板上的小胖子还乐呵。我的这个决定,在三A会总部的东南西北四面墙里,是早就公开了的。三A会么,就是阿根廷原住民运动者联合会[4],您也是知道的。在三A会里,我们这些印第安人都懂得关起门来开会,谋划美洲的独立,也是为了小声取笑我们的门卫,一个顽固又狂热的加泰罗尼亚人。我看我们的宣传是已经透过石墙,传到外头来了。要是我没被爱国主义蒙蔽了双眼的话,您这是在泡马黛茶吧,这也是我们三A会的官方饮品。我希望啊,您一旦逃出巴拉圭那道网,就别再掉进巴西的网里,也希望是产自我们米西奥内斯的马黛茶

---

1 指智利、阿根廷原住民马普切人中的一位著名领袖伊格纳西奥·科利凯欧(Ignacio Coliqueo,1786—1871)。
2 品岑、卡特列尔与卡尔夫古拉均为拉美原住民著名领袖的姓氏,但卡特列尔和上文的科利凯欧被认为是基督徒的朋友,卡尔夫古拉则相反。
3 西班牙一涉法西斯政党,曾镇压民主起义,仇视犹太人和外国人,令大批西班牙人流亡到拉美。
4 首字母缩写为"A.A.A."。

叶让您成了高乔人的一分子。要是我讲错了的话，您可别放我糊里糊涂地就过去了。印第安人弗洛格曼可能是会吹吹牛皮，可那都是在健康的地区主义的保护之下的，本着的都是最狭义的民族主义。"

"您瞧瞧，要是这感冒也不能护着我了，"犯罪学家说道，用手帕掩着鼻子，"我肯定许你个议员当当。赶紧的吧，趁收垃圾的还没过来看到您，早点儿把该说的话说了。"

"只消您一个指示，我立马上任的。"这是来自"鳕鱼[1]"弗洛格曼的真情告白，"那我这就开始话话[2]啦：

"直到一九四二年，三Ａ会都还只是个没人注意的原住民营地，它的元老会员都是从炊事班里招来的。只有到了每天傍晚时分，才会冒险把触手伸进毛织品店、水管厂什么的，社会的进步把这些店啊厂啊的纷纷赶去了郊区。除了年轻，三Ａ会什么都没有；不过，每周日下午一点到九点，或大或小的一张桌子都还是不会少的，就在最典型的那种小区冰淇淋店里。至于是哪个小区，您也懂的，每次都不是同一

---

[1] 当时阿根廷最常用的除臭剂的品牌。
[2] 阿根廷土语，意为"讲、交谈"。

个,因为到了下周日,那服务员肯定会认出我们来——要不就是被洗碟子的事先认了出来——于是我们只能尽我们所能地远离这种麻烦,避开那些愤怒的臭骂;他们怎么都不明白,一帮土生白人怎么就能聊个圣母聊到大黑天儿呢,还半瓶贝尔格拉诺汽水从早喝到晚。啊,那些时光啊,我们奔走在圣佩德里托,奔走在希里博内,听到了各种各样的妙语,随后,我们又把它们记到了油布封皮的小本儿上,就这样丰富着我们的词汇。那些逝去的岁月啊,要说有什么收获的话,便是这些土语词了:棒槌,蹲监棒槌,跍监仔,槌子,狮脑壳,麻风,抱财鬼,凤鸟儿,凤儿[1]。瞧这,多牛啊!要是谁听到我说的这些词,结果把它们净化了、磨光了,那可多气人呐。瞧瞧我们这些印第安人啊,一个个都是讲着西班牙语的大土著:时刻准备着把语言划拉开[2]了,哪怕它是再好的一个系统,对我们来说也显得太小了;每当别人骂我们骂烦了,我们就会找个三年级小孩儿来——都是魔鬼!——答应送他

---

[1] 均为阿根廷土语,分别意为:"大笨蛋""坐牢的笨蛋""坐牢的笨蛋""笨蛋""笨瓜""麻风病人""小气鬼""疯子""疯子"。
[2] 阿根廷土语,意为"钻研、调查"。

小人玩儿，请他把少儿不宜的那些个词汇统统教给我们。就这样，我们搜集了大量的土语，可现在我连睡觉觉的时候都不记得了。还有一次，我们任命了个委员会，派我到唱机上去听一首探戈，叫我把那首曲子里所有我们本族的词汇差不多都记下来。我们一下子就搜集到了：游娘、甩了、唬住、里头、看风儿、铺板儿、螺房[1]，还有些别的词汇，您要哪天疯了的话，可以到我们公园区分部的铁皮柜里查去。但一码归一码。一见到致力于破坏本国安宁的马里奥·邦凡蒂博士——他会在波摩纳地区的每张免费传单上附上一张不规范用语列表——不止一位三A会的老兵会按紧帽子、扭头就跑的。而在反动派首次掀起了这个轩然大波后，紧接着又出现了另一些毫不通融的指责，就好比那些海报上的贴条，上头写着：

别叫我标签，

---

[1] 该曲目为《我悲伤的夜晚》，上述单词均为阿根廷土语，分别意为："流浪女""抛弃""恐惧或怀疑""里面""瞄""床""小房间"。

我叫贴纸。[1]

"以及那段狡猾的对话,一样伤透了我们所有人的心:

您想'管制'吗?
我这叫'管账'[2]!

"我试着在一份秘密传单的专栏上捍卫我们的土语——两个月一期,起初制作它的目的是全心全意为洗毛工谋福利——然而,我的这些怪话却落到了一个外籍印刷所手里。最终它还是被印出来了,却尤其模糊,就好像我是特地为哪个眼科诊所写的。

"我们当中的一位啥都喜欢掺一脚的小头头有次偶然间听

---

[1] "标签"一词系从法语借用而来,疑当时尚未明确其"贴纸"的含义。
[2] 阿根廷语言纯正派的一个著名事件。当"contrôle"(即管制)一词从法语流入时,阿根廷语言纯正派翻遍词典,只找出一个与之相近的词"contralor"(西班牙的古制官名,管账官),便称"contrôle"一词是错误的,其应当对应的动词"controlar"(管制),也应该写为从"contralor"演变而来的"contralorear"(管账),这一用法一直持续到 2000 年左右。

说，萨博拉诺博士在奥巴里奥街上的那栋别墅，在司法拍卖会上被一位爱国者买了，这人是从不来梅来的，特别咽不下[1]西班牙人，以至于有人叫他当阿根廷图书商会的会长，都被他给拒绝了。于是我就斗胆提了句，不如我们当中的谁披着外交的斗篷，上他老巢去套套近乎吧，就像那谁说的，想着是不是能够捞他一小把的。我此话一出，就看他们一个个的，跑得有多快吧。为了不让组织还在开着会呢就当场散架了，那小头头就说我们来抽签吧，抽出来谁，谁就得当送信的小绵羊[2]，到别墅去拜访他，紧接着呢，就是被轰出来，连主人的影子都瞧不上一眼。跟其他人一样，我也说行吧，反正想着会轮到别人的。惊喜！是在下，弗洛格曼，摸到了最短的那根笤帚穗穗儿[3]，不得不扛下了憋屈，当然，心里已经作好了准备：

　　我站到了一旁

---

1 阿根廷土语，意为"讨厌"。
2 阿根廷土语，意为"不幸的人"。
3 用扫把抽签，最短的中签。

>哪怕他们一路砍下了无数颗头颅[1]；

"您就想想我当时有多崩溃吧：有人说，勒·法努[2]博士，这是那位爱国者的名字，他对任其践踏的人都是毫不留情面的；也有人说，他是害羞的人的敌人；还有人说，他是个侏儒，比正常人都要矮。

"所有这些恐惧都被一一验证了，他腰佩花剑，在高台上接见了我，身旁站着个教授模样的人，前者的大事小情都归他管。我才一进去，这位爱国者就按响了手中的电铃，叫了两个巴利亚多利德籍的用人过来；不过紧接着，我就冷静点儿了，因为他命令他们把窗子和气窗都打开。我就跟心中的那个弗洛格曼说，这下至少出口是不会缺了，我可以像炮弹一样窜出去。有了这样的幻觉，我便壮起了胆子。我，直到那一刻还一直装成是个看热闹的我，终于兜不住了，把我那

---

1 引自阿根廷高乔人史诗《马丁·菲耶罗》，原文中，主人公"没有"站到一旁。
2 该姓氏或与爱尔兰奇幻小说家雪利登·勒·法努（Sheridan Le Fanu, 1814—1873）相照应，用于在本篇现实题材小说中营造对立。

些幺蛾子一股脑儿地抖了出来。

"他倍儿有风度地听我说完，随后就揭下了他那张熟食贩子的脸子[1]，之前他是故意要显得丑陋还是怎么的，这会儿的他就跟一下子少了十岁似的，变成个青年人了。他随性地在地板上蹬了一脚，哈哈大笑，就像刚过去个小丑。就在这一刻，他说道：

'您这人可挺有意思：又是同音重复、又是花言巧语的，都焊一块儿了。您也别光在心里哼哼叫了，您这身臭气还在无条件地支持您呢。至于那位已故的邦凡蒂先生，我毫不沮丧地向您证实，他已经被摧毁了，被彻底消灭了，还是在他赖以成名的专业上：语言学上的对骂。我这人跟神明还挺像，喜欢保护和鼓励蠢事儿。所以您别灰心哪，热诚的恰卢亚[2]人，明天就会有位奋不顾身的出纳头戴潜水面罩，去到你们的棱堡的。'

"听完这句甜美的承诺，我也不记得是那两个仆人把我撵出去的呢，还是我用自个儿的腿脚跑出去的。

1　阿根廷土语，意为"面具、虚伪的人"。
2　南美原住民部族。

"我们又如何能够不惊讶呢：到了第二天，那位出纳来了，自愿抛出了几个无比宏大的计划；我们不得不洗了个坐浴才让脑充血得以稍稍缓解。随后，他们就用小车把我们带到了总部，那儿已经摆着些东西了，譬如词典，有格拉纳达的、塞戈维亚的、加尔松那部[1]，以及路易斯·比利亚马约尔编的那部[2]，更别说，还有那台让我们瞎安排芬博格的打字机，以及莫纳·桑斯[3]的那些屁话；再别提还有那排长沙发，那一整套有靴猫剑士像的铜墨水瓶，以及有小人头的铅笔。啊，时光啊！那个小头头，就是刚才说过的最最虚伪的那个，就跟出纳讲了，能不能给他赊几瓶巴斯克莱特[4]来，可我们刚一起开，派对就被勒·法努博士打断了，他叫我们把瓶里的东西都倒了——真是作孽——又叫谁下去，从他的杜森伯格里搬了箱香槟上来。我们还在不停地舔着刚冒出来的泡沫呢，勒·法努博士又有了新的顾虑，在我们面前展现出了一名全方位的高乔人的形象，他高声自问，香槟难道是我们原住民

---

[1] 阿根廷本国语词典。
[2] 土语词典。
[3] Monner Sans，阿根廷学者、教育家，时任拉普拉塔大学人文系副主任。
[4] 阿根廷本土产的巧克力牛奶，有半瓶装的。

的饮料吗。我们还没来得及让他冷静下来，香槟瓶子已经被他扔到了电梯井里，紧接着他的司机又出现了，手里抱着一大桶奇恰酒，纯纯在圣地亚哥德尔埃斯特罗酿的：到现在我的眼睛还辣着呢。

"'脚踏车'伦哥——这人我老喜欢惹他，说他是吃书长大的——想趁机截住那个抱着奇恰酒的，于是我就向大家介绍了勒·法努博士的这位私人司机，想的是让他给我们吟个诗，搞笑版的、用词连外星人都听不懂的那种，可博士的问题把我们的注意力吸引了过去，他问道，那么我们打算选谁做三Ａ会会长呢？我们所有人都说，唱票决定吧，于是勒·法努博士就当选了会长。唯一的反对票来自'脚踏车'兄弟，他掏出了他总带在身上的那个印着脚踏车的小人儿。随后，归化了的爱国者——勒·法努博士的秘书，古诺·芬格曼博士，就像一颗炮弹一样把这事跟所有报纸说了；第二天，我们就大张着嘴巴，读到了三Ａ会的第一条新闻，以及关于勒·法努博士的一篇完整的评述。再后来，我们自己也把它刊出了，因为会长送了我们一份机关刊物，叫《突袭》，我这儿给您带了份免费的，好让您看看我们的专栏，成为真正的克里奥尔人[1]。

"那些时光啊！属于印第安人的时光！但别幻想它能持续多久了，正像有人说的，狂欢节已经被我们埋葬了。勒·法努博士把这块地方搞得，连运牲畜的车上都没有真正的印第安人了，他们是咽不下我们的黑话的，但说实在吧，连我们自己都咽不下了，因为勒·法努博士购买了邦凡蒂博士的服务，每当我们无意之间漏出了哪个不合语法的词，他就会负责堵上我们的嘴巴。这招还挺完美的，因为这位反对派就这样服务了我们的事业，正如邦凡蒂博士在瓦西邦哥[2]电台的第一次发言中说的，'如今他们已经展现出了茁壮而兴盛的面貌，坚定地摇起了印第安土语的旗帜，猛烈打击着那些喜新厌旧的法语滥用者和迂腐老套的语言纯正派，后者到现在仍然在仿冒着塞万提斯、蒂尔索、奥特加[3]，以及其他那么多僵死的大师。'

---

1 指拉美土生白人。
2 南美原住民部族之一，也是厄瓜多尔作家豪尔赫·伊卡萨（Jorge Icaza, 1906—1978）原住民题材的代表作。
3 蒂尔索·德·莫利纳（Tirso de Molina, 约 1582—1648）与何塞·奥特加·伊·加塞特（José Ortega y Gasset, 1883—1955）分别为西班牙剧本作者和思想家。

"现在请您原谅,我要跟您讲起一位优秀的青年、不可替代的一员了,虽然每次想到他那些灵光一闪的笑话,我都得笑到尿出来。您也猜到了,这位科连特斯人显然就是'小马'巴雷罗博士了,我们所有人都这么叫他,只有他自己不知道,他知道就该睡不着了。他待我就跟半个宠物似的,叫我'茉莉',一看我远远露头就赶紧把两个鼻孔给塞住。您也别朝悬崖绝壁上滚了,亲爱的酋长,也别钻那死路,想着这位法学博士巴雷罗只是个在贡多拉上讲笑话的主儿:这是位有铜牌的律师,在'东京'咖啡吧里,有些熟人看到他是会打招呼的,最近他正准备给一帮巴塔哥尼亚人做辩护,是个土地案子,虽然叫我说的话,这些臭家伙还是早点儿走的好,别再占着我们在卡洛斯佩莱格里尼广场上的分部了。几乎所有人都会偷笑着问起,为什么我们要称呼他为'小马'。当时谁说的来着!这就是我们土生白人的智慧之花了:连一个外国人都开始发现了,我们的'小马哥'长着张马脸,想必是挺愿意到拉普拉塔一级赛上去跑上一两圈的。可就像人们一直跟我讲的,其实谁都像动物,比如我就像只绵羊。"

"您？绵羊？在我心里您的备选是臭鼬呢。"伊西德罗先生说道，十分之正经。

"您说了算，领导。"弗洛格曼接受了，脸上映着潮红。

"我要是您的话，"帕罗迪又道，"有除菌剂，我真不怕往身上抹。"

"等我那地方一把水管装上，我发誓，一定遵循您无私的建议；到时保准让您喝下一罐子玫瑰水儿[1]；我洗了澡来见您，您还当我是个多脸儿[2]呢。"

一阵光芒万丈的大笑过后，赫瓦西奥·蒙特内格罗——衬衫是富基耶尔的，吉特利的滚边外套，裤子则是福琼和拜利，巴力西卜的换季款绑腿，鞋子是贝尔菲格[3]，纯手工制底，一丛柔软的小胡子里暗藏着几道银白色的纹路——走了进来，风度翩翩，潇洒大方。

---

1 阿根廷土语，意为"吓一跳"。
2 阿根廷土语，意为"变装的人"。
3 富基耶尔、吉特利、福琼和拜利、巴力西卜、贝尔菲格均为虚构品牌。其中富基耶尔为法国一地名；吉特利为法国一著名剧作家、演员的姓氏；拜利是英国侦探小说作家，福琼系其书中侦探的姓氏；巴力西卜和贝尔菲格均为恶魔的名字。

"深感哀痛哟，亲爱的大师，我深感哀痛！"他开门见山，"刚到转角，我的嗅觉就告诉我——嗯，我这词用得精准——来了位可怕的入侵者：这人是科蒂公司[1]的敌人。所以当下，我们的任务就是：烟熏消毒。"

他从巴卡拉水晶烟盒里抽出一大根浸饱了葛缕子籽油的马里亚诺·布鲁尔[2]，用雕银打火机点着了。随后几秒，他便像做梦一般，追随起了那些迟缓的烟圈。

"我们还是踏回到地面吧。"他终于讲了下去，"我多年来贵族侦探的洞察力不断在我耳边说道，我们这位行不太通的原住民主义者之所以会来到这间监室，不仅仅是为了让我们窒息的，他还想讲讲那起圣伊西德罗区的罪案，不过是他不靠谱的那个版本，漫画式的，多少有些变形。而我和您呢，帕罗迪，我们是高于这些磕巴的。时间紧迫，我这就开始我古典派的讲述吧：

"请您保持耐心：我得遵循事情的先后顺序。那天，也算

---

[1] 世界最大的香水公司之一，1904 年在巴黎创立。
[2] Mariano Brull（1891—1956），古巴诗人，在此虚构为雪茄品牌。

是个挺有意思的巧合吧,恰恰是海洋节[1]。而我呢,已经准备好应对夏天的正面进攻了——船长帽、赛艇服、英国法兰绒白裤子和沙滩鞋——我正有些没精打采地指挥着他们砌花坛呢,就在我的庄园里——我们每个人迟早都要在唐托尔夸托[2]买上这么一栋的。我就跟您坦白说吧,多亏了这些园艺活儿,我才能从那些痛苦的问题中抽离出来,哪怕只是一小会儿。您道那些问题是什么?绝对就是那头可憎的黑兽,所谓的当代精神了。突然间,我就被吓了一跳,二十世纪来袭了,用它尖利的指节——喇叭——叩响了我庄园那扇乡村风格的大门。我低声骂了一句,把烟扔了,一边平复心情,一边穿过了蓝桉树丛。只见一辆凯迪拉克以长身猎犬般流动的奢华缓缓驶进了我的领地。背景幕上:松柏肃穆的绿色、十二月的蔼蓝。司机打开车门。下来一位耀眼的女士。高贵的鞋子,华丽的长袜;名门望族。蒙特内格罗家的,要我说!还真被我给猜中了。是我堂妹奥滕西娅,我们上流社会不可或缺的

---

[1] 玻利维亚节日,定于每年3月23日,用于纪念与智利之间的太平洋战争。战争中,玻利维亚失去了原有的出海口。
[2] 布宜诺斯艾利斯下属辖区。

一员——'潘帕斯'·蒙特内格罗。她向我伸出了玉手的芳香，送上了微笑的柔光。但要让我第N次讲出那句被威特科姆[1]彻底用烂了的评述，亲爱的大师，会不会不像我们雅士所为呢：您肯定不可避免地在报纸、杂志上见过那么些个人物，而在内心深处，您已经在向她那捧吉卜赛女郎的长发招手了，还有那双深邃的眼睛，被她小腹的火苗舔润了的身体，就说它是为孔加舞而生的吧，还有那件连小恶魔都会觊觎的原布外套，那只狮子狗，那份漂亮和优雅，还有那个，怎么说的来着，我也不知道了……

"自古以来就是会发生这种事哈，我说尊敬的帕罗迪：伟大的女性背后总有个小男人！在这个故事里，小男人名叫勒·法努，长得还挺省略的。我们还是赶紧承认一下吧，他应该是挺有交际才能的，只是被他粗陋的用词和维也纳式的狂妄给掩盖了：他有点像个角斗士……袖珍版的；坦白说吧，他就像勒吉萨莫和达达尼昂[2]的混种，这么一想还

---

[1] Alexander Witcomb（1838—1905），英国摄影师，其作品被认为是阿根廷历史遗产。
[2] 勒吉萨莫被认为是二十世纪南美洲最著名的骑手。达达尼昂是法国国王路易十四的火枪队长。

挺有意思的。我在他身上感受到了一股舞蹈大师的气息，再掺上点话痨，外加一些赶时髦。他走在一旁，躲藏在那副普鲁士独目镜后面，步子很小，怀着一种虎头蛇尾的恭敬。他大方的发际线已经随着那个油亮的大背头而渐行渐远了，可这并不妨碍那道乌黑的山羊胡在他颔下的颈项上尽情地伸展着。

"奥滕西娅一边抖出一串水滴般的笑声，一边在我耳边说道：

'你听我讲呀。跟在我后面的这个傻子就是最后一个受害者了，只要你一句话，我们随时都可以订婚的。'

"在表面的亲切之下，她的这番言辞掩盖着被我们真正的体育人称为'暗算'[1]的一击。事实上，凭这几句娇弱的话，我立时就可以猜到，她把她和'小酒肚'佩雷兹之间的婚约给毁了。可我终究还是个斗士，吃了这么一下，也没吭上一声。然而，只需向我投来一个兄弟般的眼神，就能发现我的额头正冒着冷汗，我全身上下的神经都在抽搐……

---

[1] 原文指拳击运动中击打腰部以下位置。

"当然了，我还是掌控了局面，就让我来做个好亲王[1]吧，恳请以我的庄园承接下举办那场必不可少的晚宴的荣耀，临时给他们颁个证：年度最幸福……或最不幸福爱侣。奥滕西娅用一个激动的吻向我表达了她的谢意，而勒·法努则提出了一个非常不恰当的问题，叫我在这儿说出来还挺难堪的。'吃饭和结婚，'他问，'有什么关系吗？消化不良就一定阳痿了？'我非常潇洒地省却了回答，转而一样一样地向他们展示了我的财产，当然没有略过我的原驼牌风磨和伊鲁尔蒂亚的布法诺铜像[2]。

"结束了漫长的参观，我握起林肯微风的方向盘，好不高兴地赶上并甩掉了那对未来爱侣的车。在赛马俱乐部[3]里等着我的便是那个'惊喜'了：奥滕西娅·蒙特内格罗撕毁了和'小酒肚'的婚约！我的第一反应自然就是叫大地把我吞了。您就权衡权衡、掂量掂量这事儿有多严重吧。奥滕西娅

---

[1] 原文为法语固定表达 Bon prince，意为"好人、慷慨的人、宽容的人"等，但因蒙特内格罗妻子为公主，在此有双关意。
[2] 伊鲁尔蒂亚（Rogelio Yrurtia，1879—1950）是阿根廷现实主义雕塑家。布法诺（Alfredo R. Bufano，1895—1950）为阿根廷诗人。
[3] 1880 年在布宜诺斯艾利斯创立的精英俱乐部，延续至今。

是我堂妹么,有了这个框架,我就可以在数学上定义她的家族和门第了。'小酒肚'是我们本赛季打得最好的一仗,他母亲是本戈切亚家的,也就是说,他会继承老托克曼的榨糖厂。而且他俩的婚约已经是既成事实,公开了,相关的照片和评论都在报纸上登过了。这是少有的几件能让各方都达成共识的事情之一;我都征得了公主的支持,特地请了德·古维尔纳蒂斯阁下到仪式现场来祝福这对新人。结果现在呢,一夜之间,就在堂堂海洋节,奥滕西娅把'小酒肚'甩了。不得不承认,这事儿干的,也太蒙特内格罗了!

"而我呢,作为一家之长,处境就相当棘手了。'小酒肚'是个神经质的人,就一小无赖——最后一个莫西干人,要我说。除此之外,他还是我阿韦利亚内达街店里的常客,一位好伙伴、老主顾,失去他是我很难面对的。您也知道我的性格,我立马就摆开了阵势:在俱乐部的吸烟室里,我就给'小酒肚'去了封信,还留了个副本呢,我把双手举得高高的,洗得干干净净,表示发生的事情跟我一点儿关系没有,我还动用了我一贯的讽刺,对那位托尼奥先生极尽讥嘲之能事。所幸这就像夏天的雷暴,眨眼就过了,你好我好大家好。当晚的夜色也为大家带来了护身符，从而把窘境驱散了：是说，有流言说道——几分钟后，托克曼本人也证实了这个说法——秀兰·邓波尔发来了个电报，说是不同意这桩婚事，她刚在这位阿根廷女朋友的陪同下——也就是在昨天！——游览了圣雷莫国家公园。有了这位小影星的最后通牒，那是怎么都没救了。有牢靠的消息说，就连'小酒肚'本人也举白旗了，只盼着未来还会有另一封电报来阻止这位逃婚者和勒·法努的结合！我们就相信这个社会就好了：一旦把那个引人同情的破裂的理由大大方方地给公布了，大家也就会一致表示宽容和理解。而我呢，则决定趁着这波热乎劲儿，把我的诺言给履行了，为那场晚宴打开我庄园的大门，让我们整个北区[1]共同庆贺'潘帕斯'与托尼奥的订婚。在今时今日这个可笑的布宜诺斯艾利斯，这场派对才是我们真正需要的：我们的人都不聚在一起了，不经常走动。要再这么下去，我敢说，总有一天，我们见面都要认不出来了。俱乐部里的那些英式扶

---

[1] 布宜诺斯艾利斯贵族居住区。

手椅不该让我们忽视了传统而豪爽的篝火晚会；我们必须凑起来，必须搅动起气氛……

"经过一番成熟的考虑，我把时间定在了十二月三十一日晚上。"

二

十二月三十一日晚的贝戈尼亚庄园里，勒·法努博士的迟到博得了不止一条精妙的评论。

"你怎么看，你男朋友似乎不太想见你啊，谁知道是跟哪个骚货在一起呢？这是计划好了要失踪吧？"信口胡说的这位叫作玛丽亚娜·鲁伊斯·比利亚尔瓦·德·安格拉达。

"更大的笑话是你自己吧，你是特地没缠腰带就来了么？"蒙特内格罗小姐白了她一句，"我要是你这个年纪，碰到事情肯定跟喝了苏打似的，平心顺气了。你要知道，这会儿我可是再高兴不过了，但我也不会幻想托尼奥已经在半道上自杀了；要真是那样，我还逮着好机会了呢。"

"我忍耐的限度也就是一刻钟了，"一位夫人发表着见解；

她气度不凡,皮肤极其白皙,头发和眼仁都是乌黑的,那双手是万里挑一的漂亮,"在我们的规定里——整个圣费尔南多[1]用的都是我们的规定——上钟十五分钟,就按过夜算了,跟嘿咻整晚也没什么两样的。"

迎接公主大人发言的是一阵恭敬的沉默,最后,还是德·安格拉达夫人轻声说了句:

"看我这疯婆子,倒霉催的,在公主面前说瞎话;人知道的可是比蓝皮书[2]还多呢。"

"而且她发言的内容还丝毫没有减损她高贵的口音所携带着的那种个人风格的典雅,"邦凡蒂说,"还让她成了我们所有这些到场者的代言人,道出了我们每个人的所想和所感。要是有人反对我的话,他一定大错特错了,必当背上蠢蛋和蠢材的称号;我敢说,我们的公主是集所有判断力于一身的,是集所有时事新闻于一身的。"

"您就别谈什么新闻了吧,"公主叱责道,"想想您命名日

---

[1] 上文阿韦利亚内达街所在的区域。
[2] 指美国国务院于1946年撰写的阿根廷局势报告,意在抨击阿根廷境内的法西斯政权。

那天晚上,'双色马'帕斯曼还撞见您在三号院的亭子里看一本过期的《比利肯》[1]呢。"

"是啊,我们大象记忆力可好着呢[2]。"蒙特内格罗小姐随声附和。

"可怜的邦凡蒂哟,"玛丽亚娜说,"这会儿他可是轰的一下倒啦,就跟那谁一样喽,就我们都知道的那位——连胸罩都不戴的那位。"

"秩序与进步[3],女士们,"蒙特内格罗恳求道,"停止这些可怕的谈话吧,可爱一点好不好?虽说我自己心里的那位带刀莽夫也在摩拳擦掌,随着这些争吵而搏动,但我也不能不意识到,我们今天相聚在这儿,是来促进和平的。此外,我大胆臆测,不无嘲讽的意思啊:我们这位新来的求婚者之所以会缺席,也证明他预感到了我的享乐主义精神、我的怀疑主义精神。"

---

1 创办于1919年的阿根廷儿童杂志,名称"比利肯"来源于日本一种婴儿形象的幸运之神。
2 引自英语俗语"An elephant never forgets",表示"我们一直记得呢"。
3 语出法国哲学家、社会学家奥古斯特·孔德(Auguste Comte,1798—1857)。

"牛排[1]！给我牛排！要这么大的！"这声霸道的吼叫来自智利人洛洛·比古尼亚·德·克鲁伊夫，她两手夹着大腿比划着。她一头金发，皮肤雪白，风华绝代。

"从您口中道出的可是最正宗、最天然的活力论了。"邦凡蒂说，"我一点没有要忽略我们这边女性优势的意思啊，但有一点可以肯定：在精神方面，即便我们这边的这些勇敢的女士们挥汗血战，跟山那边的女性比起来，也不在同一个水平上。"

公主裁断道：

"邦凡蒂啊，您老是精神来精神去的，您什么时候才会懂呢？客人付钱，他买的是肉啊，是结结实实的肉啊。"

光芒四射的德·克鲁伊夫夫人又完善了这句训斥，说：

"这根臭剥皮蹄髈在想什么呢，说我们智利女人没有肉？"她拉下领口抗议着。

"他说这话，是想让我们觉得他还没去过你的凉亭呢，虽说所有人都已经去过喽。"玛丽亚娜道。（德·克鲁伊夫夫人

---

[1] 阿根廷土语中，"牛排"一词有"耳光"的意思。

把她庄园里的凉亭奉献给'维纳斯的操练'了，这是无人不知、无人不晓的。)

"你是不是惹着她了，洛洛？"说话的是一个灰白头发、长得跟马似的爱找事的小伙儿，"那根脏蹄髈是在夸你呢，倒霉玩意儿。"

一位长得极像胡安·拉蒙·希梅内斯[1]的男士也插了进来。

"继续，'小马'，您倒是继续啊。"男人叫他讲下去，"别跟我老婆你你你的好嘛？当我不在是嘛？"

"你在？在的是你傻墩儿似的蠢话吧。"漂亮的洛洛懒洋洋地甩了他一句。

"女人么，就该让人以'你'相称的，"公主发表着她的权威意见，"我说过好多遍了，这是客人的习惯，叫一下又没什么。"

"宾堡！"洛洛兴奋了，"要想让公主正眼瞧你，这就跪下请求她原谅吧，你在她面前竟然如此地放肆。"

---

[1] J. R. Jiménez（1881—1958），西班牙诗人，诺贝尔文学奖得主。

一阵由盖那笛[1]声、快活的自行车铃和忧郁的狗吠组成的怪异混音拯救了德·克鲁伊夫。

"各位承认吧，我猎手的听觉还一直保持在一流的水准。"蒙特内格罗说道，"我听见特里同[2]在叫了，有人就要天降游廊了。"

他昂首挺胸走了出去，众人跟上，除了公主和邦凡蒂。

"您待在这儿也得不到任何好处的，"公主道，"我盯着那些猪头肉冻呢。"

走廊上，蒙特内格罗和客人们欣赏到了一派令人惊惶的景象：在两匹黑马的牵引之下，在一群身披斗篷的喧哗的自行车手中，一驾出殡般缄默的四座马车正在深沉的杨树林中穿行。自行车手们一个个地都冒着摔到沟里的危险，双手脱把，用辽远的盖那笛磕巴地吹奏着忧伤的和弦（想必也是骑不顺当了）。最终，马车停靠在草坪和石阶之间。在一片惊愕之中，勒·法努博士从那家伙什上跳了下来，激动地（溢于言表了）对他自带的亲卫队的鼓掌表示了感谢。

---
1 玻利维亚原住民的传统乐器。
2 该名字引自古希腊神话中的海的信使。

正如蒙特内格罗在之后反复提到的，所有的未知很快就明朗了起来：那些自行车斗篷男原来都是三A会的成员。就说统领着他们的是个恶臭的小胖子吧，人都叫他马塞洛·N. 弗洛格曼。这位酋长直接接受图利奥·萨维斯塔诺的领导，而萨维斯塔诺呢，没有勒·法努博士的秘书马里奥·邦凡蒂的允许，他是断然不敢吭声的。

"意外收获啊！我举双手支持，"蒙特内格罗放言道，"虽有些许旧时代的狂傲之嫌、那种领主的做派，可这马车还是暗含着一种对业已衰颓的时间和空间的桎梏意味深长的蔑视。我，外加我身旁的这几位夫人，谨代表贝戈尼亚庄园，向您这位艺术爱好者、阿根廷公民、今天就要订婚的新人……致以热切的问候。不过尊敬的托尼奥，我们还是别把之后丰腴的休息时间和饭后火星四射的那些闲谈给提前到此刻了。巴卡拉杯子里的水果酒已经等不及了。而在所有宴会中都不会缺席的法式清汤呢，在它本身所暗示的精英俱乐部的身份之下，已经掩藏不住对那些高贵的消遣和一场高谈阔论的筵席的渴望了。"

在由帕克托勒斯装点的大厅里，饭后的时光没有辜负蒙特内格罗的预告。安格拉达夫人（她那头柔软的长发已经变得乱蓬蓬的了，眼睛则尽显疲惫，两只鼻孔齐齐颤抖着）还在用一个个问题围困着那位考古学家[1]，向他步步紧逼，霸道地和他合用了盘子、杯子，甚至是椅子。而这位男士呢，到底还是个战士，依照龟式战法，把他玫红色的秃顶埋进了防水斗篷。他已经做出了种种让人一看就刺挠的媚态，说自己真不叫马塞洛·N.弗洛格曼，还试图用谜语引开她的注意力，叫她别再问了，好让他度过一段拉东·佩鲁兹·德·阿查拉[2]式的时刻。"夫人啊，您就别再白费心思啦，""小马"巴雷罗朝她喊了一句，暂时放下了德·克鲁伊夫夫人华美的膝盖，"我才是'蛮力小子'呢。"而在男爵夫人普芬道夫-迪韦努瓦右边，古诺·芬格曼博士，又名"丁勾[3]"芬格曼，又名"猪手"芬格曼，正在用蜜饯、糖渍栗子、进口烟烟头、糖粉和一块比利肯护身符（临时从德·古维尔纳蒂斯阁下那

---

1 指弗洛格曼来自"地下"。
2 暗指读音相似的拉蒙·佩雷兹·德·阿亚拉，西班牙作家，曾在西班牙内战时"自我流亡"至阿根廷。文中所用的名字"拉东"在西语中意为"老鼠"，而佩鲁兹是一位英国生物学家的姓氏，互相照应。
3 原文为德语，指"纸牌中的杰克"。

儿借来的）即兴拼搭着个模型；他设计的是个收容所，是建在小块儿土地上的，只要一赞美制革-焚烧厂[1]的那块基石，它就能飞上天空。这个话题是如此迷人，令他激动万分，以至于完全没有留意到聊天对象（她的火气已经很大了）身上的女性魅力；这位夫人（"第一波寒潮[2]"组织主席兼荣誉创始人）对与她说话的这位肥胖的乌托邦主义者的黏黏的建筑丝毫不感兴趣，还不如去听听公主、古维尔纳蒂斯阁下和萨维斯塔诺在说些什么呢。

"我是不赞成这种开放式建筑的。"公主用的是喉音，那副严苛的眼镜定在了"猪手"刚刚搭建起的那个设计模型上，"你们还是别用这些新奇的玩意儿来试图分我的心了，我就是坚持我一贯的喜好。全景式构造[3]，这就是我最后的句点了。这样一来，'旱獭'科托内就能用望远镜从那座小塔楼顶端监

---

1 或指纳粹大屠杀中对犹太人的烧杀。
2 该名称取自西班牙雕塑家米盖尔·布雷的雕塑，作品表现的是寒潮来袭时女儿抱紧父亲的场面。
3 该结构最早源自英国哲学家杰里米·边沁的"圆形监狱"设计，将四周的环形建筑分割成一个个囚室，中央有一用于监视的高塔，高塔中的人员可以时刻监视到任何一间囚室。

控那些被收容者的所有行动了。随便哪个专家都能看出来，这结构有多妙。"

"妙，妙，妙极了，"德·古维尔纳蒂斯阁下嘟囔着，"公主殿下，您可真是能够透过水面看水底，从而为我们这位有趣的科托内，为他的积极与勤奋，为他的利他主义，开辟了一条有益的航道。毫无疑问的，这就是对的地方、对的人了……不过，要我说的话，像科托伦哥[1]组织的那种建筑结构还要更严格些才好，这样就能对付那些潜伏进来的犹太人了，他们用花言巧语当诱饵，把我们教会里的一些中流砥柱都给蒙蔽了，那些理念是好听啊，可是太乌托邦了，说什么'一人一个教堂'。"

萨维斯塔诺亲切地插了一句：

"也不能把啥啥都打破了吧，阁下，回头连清洁工都装不回去了。公主已经把真理都告诉给您啦，结果您也不抬着举着，您都吃了那么多墨西哥干面了。连借他长裤也穿不上的小孩都知道，阿韦利亚内达街上的那栋房子是怎么一个样

---

[1] 意大利神父，被称为"穷人之父"，阿根廷有一以该神父名字命名的慈善组织，主要用于救助残疾人。

子。那座小塔楼，警卫节那天我可预订了啊，可爱的科托内放假么。那么现在对您来说呢，当然了，就不剩什么可以反驳的了，您只能说，我住的宾馆结构可是另一回事，因为那些百万富翁的套间是朝向大院的，您一推进来，雷诺瓦雷斯先生[1]的写字桌就总会碰着我的塌鼻子。"

"小马"巴雷罗把帕特加斯雪茄的烟灰倒在了弗洛格曼的左耳朵里，继而质问道：

"勒·法努，你还记得凡尔赛街上的卡萨蒂亚图书馆么，一个不怎么样的地方，就是完全没有塔楼的；不过，要成为一个循规蹈矩的疯子，你也不需要塔楼什么的，你已经是了。帕尔多·洛亚科莫就因为不当心漏出了个'是说'，就被你赶回家了，而我则是因为'把这事具体一下[2]'：连'断链子'[3]弗洛格曼都能听懂的一句话，结果被你从头头的位子上弄下来了？不过话说回来，谁他妈会跟一个小丑置气呢。"

勒·法努博士胸膛子硬、脖颈子挺，当下就截下了这

---

[1] 新公正酒店老板之一。
[2] 二人用词均有语病。
[3] 双关，既指阿根廷国歌中的"斩断锁链"，又指"断掉的马桶链"。

一击：

"说到那个文盲图书馆，又说到您么，我的记忆力也做不了什么，唯一的办法就是把你们彻彻底底地给忘了。这种跟便池放一块儿的东西，我早就记不得了。无论是您，还是您同音反复的朋友，都没资格来玷污我的记忆，两位是不是还想以此为荣呢？"

"我大概也是被我根深蒂固的商业视角蒙蔽了双眼吧，"芬格曼博士语带权威，用的是他条顿人的厚重声线，"不过，勒·法努博士，哪怕您颅腔里那坨东西最主要的功能是遗忘，我也很难相信你不记得那个假日了：有您，有我姐姐爱玛，还有我，我们每人从自己的私有财产里拿出一芬尼，一起到动物园去了。您还给我们讲了那些南美动物呢。"

"在您这样的模范面前，必可或缺的'丁勾'芬格曼，最会讲解的动物学家也会选择沉默的——要是他之前没有悔恨逃跑的话。"勒·法努干巴巴地答道。

"你别上火啊，脖子哥[1]，不然那口蔬菜得噎更深了。其

---

[1] 这么叫是因为他的脖子。（玛丽亚娜·鲁伊斯·比利亚尔瓦·德·安格拉达女士注）

实，无论是这个出麻子跟出汗似的俄国佬[1]，还是我，都没想鄙视你，都没想把你看得跟地铁里的一口浓痰那么低。""小马"安抚着他，把他呛的，就跟个倒霉的结核病患者似的——背上还让人好心拍了拍。

趁着这一幕，萨维斯塔诺溜到高贵的德·克鲁伊夫夫人那儿，跟她咬起了耳朵：

"小鸟告诉我的，夫人会在她庄园的亭子里款待宾客呢。上帝啊，上帝啊，谁知道那小亭子在哪儿哟！"

跟天文学一样遥不可及的洛洛一听这话，便转过身去。

"快别笑了，把那支派克笔递给我。"她命令德·古维尔纳蒂斯阁下，"我得抄个地址给萨维斯塔诺博士，他太可爱了。"

眯着眼睛，龇着牙，下巴顶得高高的，呼吸平稳，双拳紧握，手臂弯折着，肘部则灵活地抬到了规定的高度——这是马里奥·邦凡蒂博士——这位老兵迈着运动员的步伐，毫不困难地就冲过了分隔他与赫瓦西奥·蒙特内格罗的不几米，

---

[1] 阿根廷土语中，该词有"犹太人"的意思。

而当他终于站起身来的时候（德·古维尔纳蒂斯成功把他绊了一跤），他几乎已经越过目标了。他把那张气喘吁吁的嘴贴到蒙特内格罗的右耳上，于是所有人都不爽地听到了那串浓厚的 c、n 和 m。

蒙特内格罗倒是像模像样地听完了，随后，他看了眼那块超薄的摩凡陀手表，站起身来。在所有伟大的演讲者都必不可少的香槟的帮助下，他开始了那段潇洒的发言：

"值得赞颂的勤勉、值得载入史册的辛劳——作为它们的奴隶，我们这位见多识广的打杂工刚刚告诉我，再过不几分钟，一九四四年就要破壳而出了。怀疑论者的脸上大概要飞舞起微笑了，我自己又何尝不是这样呢？见到舆论宣传里的那些测风气球，我总会抄起我的花剑，所以一听到这个消息，我毫不犹豫地就查看了我的……时间机器。我就不形容我的惊讶了吧：只有十四分钟了，十二点就要到了。报信者说得对！我们还得相信我们可悲的人性。

"面对新年的猛攻，一九四三年却撤得很洒脱，准备以不知哪位拿破仑老近卫军的沉着和冷静——捍卫它仅剩的几分钟；一九四四则更年轻，也更灵活，正用箭囊里的箭矢不断骚扰着一九四三年。女士们，先生们，我就坦白说吧，我刚做了个决定：虽然已经白发苍苍了，年轻人们已经在很正经地怜悯我，我也准备好，要踏进未来了。

"未来的这个一月一日，即将到来的这个一月一日……它不可避免地让人联想到那些地下矿道：偶然性会用它们来回报矿工的辛劳，如果不是回报他们手中的十字镐，而每个人都会以他独有的方式来想象自己的矿道：小学生会希望新年了，他能得到……一条长裤；建筑师期盼着能有个典雅的穹顶点缀在他的劳动成果上；军人想要的是一对英武的羊毛肩章，这是对他掌管公共事务的成就的认可，也是对他多有牺牲且意义非凡的生命的概括——他的小女朋友一定会为此喜极而泣的；而这位小女朋友呢，则渴望有位平民英雄能把她从政治婚姻中拯救出来，这都是她自私的祖父母给她安排的；大腹便便的银行家会祈求他的那位头牌花魁仅仅忠诚于他，把他的人生列车装点得又豪华又气派，尽管这可能性不大；而人类的牧羊者呢，则祈求着那场背信的战争、谁知道哪个现代的迦太基人挑起的战争——这本是他所不想看到的——能够以胜利告结；魔术师的愿望是，每次砰的一下，他总能掏出那只兔子；而画家们则企望着能被专业人士们神化，只要预展一开，就是那个必然的结果了；球迷们只盼西部铁路取胜，诗人的矿道则是纸玫瑰的样子，而神父期待着属于他的感恩颂。

"女士们，先生们，就让我们把此时此刻的那些顽固的质疑声和令人着魔的恶念都搁置一旁吧，哪怕只是在今晚！就让我们浸唇入沫，举杯同庆吧！

"至于其他那些东西么，我还是不要着墨太多了。当代的景象，如果被放在批判的放大镜下，无疑是云雾迷蒙的，然而，我们这些观察者、对此都习以为常了的观察者，仍然会时不时地扫见一片扎眼的绿洲，有了这样的例外，我们就没法激动地喊出来，我们被沙漠包围了。你们都开始挤眉弄眼了，礼节也没法阻止你们了，你们已经提前说出那个结论了；那我也不用遮遮掩掩了，我指的正是我们前途不可估量的奥滕西娅，以及她的仆从骑士，勒·法努博士。

"就让我们用开明的头脑来审视这对当下的情侣的性格和特征吧，别用那块玫瑰色的面纱掩盖最要命的瑕疵，也别用那台铁面无私的显微镜把它们强调、放大。奥滕西娅，她——给女士让出条道吧，我恳求各位，给女士让出条道吧——她已经来到了我们跟前：面朝着这捧芬芳馥郁的长发，任何草稿都是苍白的，还有这双动人的眼睛，有可爱的睫毛在荫庇着它们，让它们撒出那张让人瘫软的大网，还有这张嘴哟，直到这一刻，它都还只尝过歌唱与调情、零食与胭脂，而明天呢，我的妈呀，它就将尝到眼泪的滋味了，既然她面对的是这……这什么来着，我也不知道了。抱歉！我这个蚀刻画家刚刚又一次败给了那种诱惑，又想去用寥寥几笔、决定性的几笔，去勾勒出一个轮廓，勾画出一幅习作了。要如何描绘出一位蒙特内格罗家的小姐、一位蒙特内格罗呢，各位就私下去交流吧。那下面，我们就要转到——这是例行的过渡——就要转到二项式中的第二项了。要讲到这位百里挑一的人物，我们就决不能允许在我们周围疯长着的那些扎手的灌木，以及郊野里的那些不可避免的杂草，把我们给吓退了。他不惜长了一张令人嫌恶的脸，欢快地无视着标准相貌中最基本的要求，从而换来了一泓永不枯竭的泉水，那是风凉话的源泉，人身攻击的源泉，而所有这些，又会因为他无比诚实的反讽而臻于完美——当然了！这一点，是只有那些会在吊桥前喊出芝麻开门的外行们才能做到的，他们会将吊桥放下，把天真和纯朴这样的宝物摆到你的面前——它们越为人们所欢迎，在买卖中就越罕见！这是温室的产物；这是学者的产物；他把条顿族坚固的灰泥和维也纳不朽的微笑拼到了一块儿。

"然而，住在我们所有人心中的那位社会学家很快就飞升到了一个可观的高度。在这对幸福的爱侣身上——在刚才……我们这些慈善机构的桥接中，他俩已经被太多地谈及了，就快谈厌了。或许，他俩作为个人的重要性——个人么，便是在虚无与虚无之间灿烂却易逝的过客——他俩作为个人的重要性还及不上这个事件所调动起的观念的体量。事实上，将要在圣马丁德图尔斯举办的这场名门联姻，不仅能让我们有机会见识到德·古维尔纳蒂斯阁下威严的礼拜式主持风格，更标志着，那些新思潮已经为我们这些名门望族、我们这些根深蒂固的老树，注入了元气与活力——它并不总是无杂质的！这些暗藏着的核心恰恰保有着那艘方舟，方舟上便是我们纯粹而纯正的阿根廷精神；就在那艘方舟的木条里，勒·法努博士，说真的，他把联盟的芽苗扦插了进去，又没有因此就革除了褒义上的本土主义中那些有益的教训，这点我可以确定。所以，就跟往常一样的，这就是一种共生了，而具体到这次的事件，相关的每一个原子都是不互斥的：我们固有的家族，也许已经在恼人的自由主义的影响下，变得萎靡不振了，然而它们也会从很大程度上乐于接受现在这样的前景……不过，"说话者换了个声调，也变了个脸色，"我们眼前的当下，也绝对吸引人……"

一位紧实的多血质先生、愤怒而健壮的短胳膊矬子，从露台进来了，一边进来，一边还在以同一个调子激动地重复着一个怪难听的词。所有人都注意到了，这位闯入者像是被包在了他那件白色西装里；而蒙特内格罗的视线呢，则不那么泛泛，他仅是盯着那人手中那根带节突的手杖；洛洛·比古尼亚·德·克鲁伊夫对任何自然力和艺术力都尤为敏感，便赞叹起了那颗直接杵到肩膀上的脑袋——哪怕有段不尽职的脖子呢。芬格曼博士则为那对 U 形袖扣估价三百二十二比索。

"口水咽咽，玛丽亚娜，把口水咽咽[1]。"蒙特内格罗小姐

---

1 西语中该短语也有"别激动"之意。

陷入了陶醉,她小声嘟囔着,"你也看得出来,'小酒肚'是来为我找事儿的,谁会为你找事儿呢?连那些最讨嫌的人也不会啊。"

受了这句无可推卸的影射的刺激,(大头的、体操运动员般的,羊毛的)马里奥·邦凡蒂教授跳了出来,拦住了这位暴怒者的去路。但很快地,他就换用了守势,学的是黑人拳击手杰克·约翰逊[1]的动作。

"粗俗和好斗本是一胎生的,"他颇有学者风范地说道,"对他的打呛儿,我报之以绅士的大不动,对他的嚷嚷,我报之以不响,对他的不给脸儿,我报之以不颤肝儿,对他的挽袖子,我报之以……"

弗洛格曼的铅笔和小本儿可是从马里奥·邦凡蒂的发言里收集到了不止一个音节(毫无疑问,换成了阿根廷土语),可他还是不得不咽下没听到最后那半句的痛苦。是"小酒肚"的一记响亮的杖击让他的笔记断在那里,再无可能修复。

---

[1] Jack Johnson (1878—1964),美国拳击运动员,是获得世界最重量级冠军称号的第一名黑人,在当时种族歧视严重的美国,与白人世界冲突频繁。

"1比0咯[1]，香蒜酱[2]先生！"萨维斯塔诺欢呼，"要我说啊，您把他鼻子都抽得倒过来了，倒是办了件好事，还帮他治好了鼻黏膜增生呢。"

"小酒肚"没听懂这句恭维话，便顶了回去：

"敢再说一句试试。戳烂你这张马屁股脸。"

"您别老往坏处想啊，博士，"萨维斯塔诺辩白了一句，赶紧跳了两步回去，"快别说这些叫人伤心的话了，我这就有秩序地退场，我退场还不行嘛。"

他被那句话打击了，便重启了他之前和倍儿有威望的洛洛的谈话。

勒·法努博士站了起来。

"我拒绝作践这个痰盂、作践弗洛格曼，把他们当飞镖一样扔来扔去的，"他吼道，"滚吧，马塔尔迪，我的伴郎们明天会到你的马槽去看你的。"

---

[1] 原文用词为"piedra libre"，直译为"自由之石"。在阿根廷式捉迷藏中，如躲藏者在搜寻者触碰到自己之前触摸到搜寻者出发点的那块墙面，即"石头"，就可以喊出这句话，同时解放所有躲藏者，宣告寻找者失败。
[2] 一种意面酱。在阿根廷土语中，"给他一坨香蒜酱"意为"给他一顿毒打"。

"小酒肚"一拳砸在桌上，碰坏了几只高脚杯。

"它们可没上过保险啊！"古诺·芬格曼博士惊恐地喊了出来。他站了起来，整个人因为被吓到了，还显得高大了几分，他一把抓着"小酒肚"的手肘就把他拎了起来，又把他从露台上扔了下去，同时口中还在不断重复着："没上过保险！没上过保险！"

"小酒肚"跌在了那块大石头上，他勉强起身，骂骂咧咧地溜了。

"刚说什么来着，夏天的雷暴么，绝对就是！"蒙特内格罗断言道。他已经从阳台上回来了；这位不可救药的梦想家出去问候了一下星宿，顺便演练了一支烟。"在一位高端观察者眼里，刚才那场冲突的可笑结局已经太有力地证明了它是站不住脚的，是无足挂齿的。或许有哪位情绪比较冲动的吃客会为此感到遗憾了：在我这副无可挑剔的胸膛中隐居着的那位剑士怎就没有早点儿跳出来呢；可是，任何一位资深分析家都会诚实地表示，这种小任务么，让不那么大牌儿的去就好了。总而言之，女士们，先生们，撑不过三秒的'小酒肚'已然退场了。这些小儿科的，我是真心觉得幼稚，有件事要比它们重要得多了：让我们举起酒杯，浸湿我们如丝般的小胡子，为新的一年祝福吧，也祝福这对情侣，祝福我们在座所有面带微笑的女士们！"

洛洛将她那捧华美的长发铺到了萨维斯塔诺肩上，做梦般地呓语着：

"塞尔伍斯男爵夫人，这乡下人，说得还真对哈，说'丁勾-猪手'的身板儿可好着呢。我说亲爱的，把地址还给我吧，我去给那犹太人去。"

三

"我们必须认定，还得敲锣打鼓地认定，"蒙特内格罗道，同时点起了那天早上的第三支烟，"我们刚刚见证的那一幕：两位勇士，以及两把托莱多宝剑的或多或少危险的碰撞，正是一剂坚实的强心剂，注入了我们这个极端和平的年代、所有战争都得经由华尔街背书的年代。在我历尽世事的人生里——任何一位观者都会被惊到的，他们或许会用'千奇百怪'来形容它——我多次在伟大的旧式决斗中拔出我那把不容分辩的佩剑，这用我们飞得跟母鸡一般高的平庸的想象力，是连个轮廓都画不出的。就让我们实话实说吧，也别拐弯抹角了：最身经百战的雄辩者就该懂得适时地举起他的论据之剑！"

"你可闭嘴吧,八字胡,你的奶牛啡咖[1]要凉了。"巴雷罗博士亲切地喊了句。

"多余!"蒙特内格罗好言好语地给他顶了回去,"分泌腺不已经在提醒我们了么,这杀千刀的摩卡已经等不及了。"

他在主位落座,而芬格曼、德·克鲁伊夫、巴雷罗、"小酒肚"(贴着带孔的膏药)、勒·法努(敷着毛巾),外加托克曼本人,都竞相争抢起了马塞洛·N.弗洛格曼(又名贝拉萨特吉[2],他倍儿有分寸地扮演起了用人的角色)慷慨分发着的可颂。

"小马"机敏地一拍,便把勒·法努博士饕餮一番的梦想给拍碎了。"小马"威胁他说:

"别把所有的甜甜圈都搬你自己窖里去啊,胃门儿[3]。"

"胃门儿?""猪手"芬格曼神神秘秘地说,"胃门?他比较像摩门吧,哈,哈,哈。"

"我还是认了吧,百无一用的芬格曼,我还是赶紧认了

---

1 阿根廷一部分土语会将同一单词的前后音节颠倒,后文亦有出现。
2 布宜诺斯艾利斯一小镇。
3 阿根廷土语,意为"吃客"。

吧：哪怕我敷着毛巾，发着早期荨麻疹，我也落不到您那个地步的，"勒·法努说话了，"我也不怕自相矛盾了吧，我还是建议您到决斗场去走一遭。不管您是举剑呢，还是开溜呢，总还能把这愚蠢的'哈，哈，哈'给好好修理修理。"

"依我看呢，您这战场是距离我们证券交易的物质世界十万八千里远了。"芬格曼打起了哈欠，"您的提案被冻结了。"

读者或许也猜到了（敏感得有如见习水手察觉到了船只的第一丝摆晃），我们正关注着的这一幕发生在赫瓦西奥·蒙特内格罗的游艇上——普尔夸帕[1]号，它将船头指向布宜诺斯艾利斯，而将船尾高傲地亮给了妖媚的乌拉圭海岸，那里遍洒着色彩，星星点点都是避暑的人们。

"我们还是抛下所有的这些妄自尊大吧，"蒙特内格罗提议说，"就让我们高声强调这一点：扮演我这个角色，当然是不容易的，我是决斗局局长么；要我说，剑客不一定就不及那些拿军刀的，同理，贵族和沙龙客也一样。我要重申一下

---

[1] 直译为"为什么不呢"，与法国探险家让-巴蒂斯特·夏古所造的一艘南极远征船同名。1936年，夏古与该远征船上39名船员一同葬身冰岛外海。

我的权利……关于这个健康包[1]的归属。"

"哪来那么多的局长啊,还那么多的面包,""小酒肚"发起了牢骚,"有人挠你一下,你还不就脸色大变了,跟加了奶的马黛茶似的……"

"附议,"勒·法努博士说,"至于您的脸色么,爱跑路的佩雷兹,我连看都没看清,当时您不是一激动,就溜到边境线上去了么,那边就是巴西了。"

"胡说,这是诽谤,""小酒肚"反驳道,"要不是锣声响了,看我不把你捣成泥,你这个蟑螂。"

"泥?"托克曼饶有兴致地问道,"我比较喜欢粉呢,我投粉一票。"

可这时,巴雷罗又插了进来,他是很谨慎的:

"别说了,你们这些微生物,不知道你们很无聊嘛?"

"最无聊的是你吧,一脚把你踢进淡水里坐浴去。""小酒肚"解释说,"向事实低头吧:瞧瞧这货的狗脸,然后再听听我是怎么叫的,看不把你吓一跳。"

---

[1] 阿根廷土语,指用面粉、糖、牛奶和鸡蛋烘烤而成的一种小面包。

"说到狗，我就想起另一件蠢事了，""小马"回想着，"上次在刮脸的那儿，我也不知道看什么好么，就神叨叨地看起了个小故事，是增刊上带彩图的那种，名叫《狗的神谕[1]》，但并不是搞笑的。里边说到，有个穿白衣服的家伙，人发现他凉在了个亭子里。你会想破头地想，罪犯是怎么溜出去的呢，因为总共只有一条路，还被一个红头发的英国人守着。结果呢，他们会让你相信，你就是个草包，因为最后，是一位神父发现了其中的诡计，给你安了个盖儿[2]。"

勒·法努很不满：

"我们的这位半人马是嫌情节里虚构的谜题不够劲儿么，还要用他小儿科的叙述和四条腿的句法给我们创造个实实在在的谜题？"

"四条腿的？"托克曼饶有兴致地问道，"我老说，是动物园里的小火车彻底宣告了畜力车的失败呢。"

"对，不过，要用一长队动物来拉车的话，燃料就能省了，"芬格曼道，"可哪怕是这样，还得要一毛钱呢！"

---

[1] 出自切斯特顿《布朗神父的怀疑》。
[2] 阿根廷土语，意为"赢过你一头"。

巴雷罗博士不禁发出了感叹：

"放过那一毛钱吧，雅各伊布[1]，人更要把你当成犹太人了。说到底，你那台小印钞机是不会弃你而去的。"

他怡然自得地瞅了勒·法努博士一眼，后者反问他：

"我说多少遍了，这位昂着蹄子的律师，看来黑话和病句都是抱着您不肯放啊。快勒住您那奇蹄目的冲动吧：您要执意想当这位又胖又矬的'丁勾'的影子，那我也来屈尊当一下您的影子好了。"

"瞧我这倒霉的，伙计们，"巴雷罗品评道，"我摊上了个戴独目镜[2]的影子。"

这时蒙特内格罗也掺和了进来，迷迷瞪瞪的：

"有时候，最优秀的辩手[3]也会跟丢兔子的——一个优雅的不留神；毫无疑问，一个长久居住在高远之处的头脑，总

---

1 对吝啬的犹太人的鄙称，由来是：当时来到拉美的犹太人有许多名为"雅各布"的，且发音时习惯在单词元音后加上"i"音。
2 意为"独目镜"的西语词"monóculo"在文化程度较低的人听来有"只有一爿屁股"的意思。
3 原本的谚语应是，最优秀的猎手也会跟丢兔子。蒙特内格罗在此处将表示"谈话者"的法语词 casuseur 和表示"猎手"的读音相近的西语词 cazador 混用了。

会有些可以被原谅的轻蔑的，也总会有些想法和念头，这就使得我不得不错过了某些个让我们的宴会变得更有生机的褶皱了。"

也并非所有来宾都在努力让这场宴会变得更有生机。也许连读者都注意到了吧，宾堡·德·克鲁伊夫连一个单音节词都没有吐出来过，他正紧盯着那只木梨肉做的栩栩如生的鸽子。

"咏儿，德·克鲁伊夫，"巴雷罗发出一声嘶鸣，"您不都塞饱了么？怎么不参与进来呢？别再演默片了，睡马路的，我们可都是现代贝贝儿[1]。"

蒙特内格罗对他表示坚定的支持。

"我也来说两句鼓励的话吧，"他道，一边朝他的第四个奶油蛋糕发起了冲击，"这种过度的缄默就跟面具一样，有品位的人总会在孤独时戴上它，而当他一落到那个为他所爱的伟大的朋友圈子里时，他就会连忙把它抛弃了。开个玩笑嘛，或者讲个八卦，我们尊敬的宾堡，哪怕是惨死一下子也

---

[1] 阿根廷土语，意为"小孩、年轻人"。

行啊！"

"他沉默得像头公牛似的，还是头佝偻着背的公牛，头上角太重了吧[1]。"芬格曼博士向全宇宙宣告。

"别瞎比喻啊，"勒·法努提议道，"还是把'公牛'换成'阉牛'吧，这样一来，讽刺就更精确了，还不会削弱您的粗俗。"

苍白、麻木而疏远的德·克鲁伊夫一字一句地答道：

"再敢说一句我的夫人，我就把你们跟猪肉一样片了。"

"猪肉？"托克曼饶有兴致地问道，"我老说，要评价猪肉的好坏，光在煤气公司熟食店[2]吃过几个生菜三明治还是远远不够的。"

---

[1] 西语中，"给人戴角"意为"给人戴绿帽"。
[2] 当时该熟食店对面新建了煤气公司，该店便更名为"煤气公司熟食店"，并改用两盏煤气灯当招牌。

四

蒙特内格罗讲完了上面的事件，顺便朝当代大环境投去了讥诮的一瞥，勉强抽完了弗洛格曼的最后一支"不鼓"[1]，便以"嗓子发炎说不出话来"为由把发言权让给了这位原住民酋长。

"您要设身处地地想想，帕罗迪先生，就能理解我了。"马塞洛·N.弗洛格曼（又名"下水道"）小声念叨着，"我以卡丘塔温泉的名义发誓[2]，那天晚上，我们这帮人可高兴了，就算哪天我闻着跟奶酪一样香了，也不带这么高兴的。是'脚踏车'，还记得吗，他是个正经卖气球的，是他散出的消息，虽然又过了一会儿，'乳牙'也证实了，但他只是在重复'脚踏车'的那些胡话，是说案发当晚，勒·法努博士会从圣伊西德罗区去到雷蒂罗区，说是要到秩序街精选影院去看部爱国片儿，是高乔人在度假区游行那会儿拍的。您就用老箍桶匠的火眼金睛算一算，我们得有多激动吧：有人甚至害怕说，有爱打小报告的会到处传去，说我们集体当了逃兵，没去参加这个荣耀的聚会，因此我们都计划好了，要大部队一起转移到秩序街影院去，就在拐过去那块儿，去近距离探望一下在那儿看片儿的勒·法努博士——那部高乔片儿套的是乌发公司[3]的盒子，盒子上写着《中产阶级成人健身操》，是他们挂羊头卖狗肉，偷偷塞里面充数的——不过，他们不止一个人吹口哨了，让我觉得，要是我也去的话，我都能把他们熏晕了。当然，再后来么，就跟每回一样，售票处的幽灵让大多数人的热情都冷却了下来，尽管其他人说不去了，都有他

---

1 香烟品牌名，含义为"高质量的香烟不用敲锣打鼓做宣传"。
2 卡丘塔为阿根廷著名温泉地，但在此有文字游戏，阿根廷高乔人史诗《马丁·菲耶罗》中，主人公在卡丘塔遇袭，西语词卡丘塔（Cacheuta）与遇袭（acachar）读音相似，故这里用"以卡丘塔发誓"来指代"冒着被打的风险"。
3 正式名称为"全球电影股份公司"，因首字母简写为"UFA"，故又名"乌发电影公司"，是家德国电影公司，曾在纳粹旗下不断扩大，将公司中的犹太人扫地出门。

们强有力的理由：'乳牙'，是因为没有官方确认过，大老[1]他真会去；'锁喉'[2]，这人本来就纪律意识薄弱，这回则是被个海市蜃楼给勾住了（就在那封写在硬纸板上的请柬所勾勒出的迷人景致中，幻象浮现了出来），是说在洛佩·德·维加街和高纳街街口，有人在发麦楂粥，不管你是谁，只要有幸出席了，就能被分到个两大勺；'老龟'（又名莱昂纳多·L.洛亚科莫[3]）呢，是说，有个烦人的家伙，也不知道叫什么，就在电话里跟他讲了，说加利西亚尼神父[4]本人会在一辆有轨电车里——是教廷特地为此租来的，所以不带拖车——签售黑人法鲁乔肖像明信片。而我呢，为给自己解套儿[5]，就说我要到圣伊西德罗去了，还得蹬上我的自走车[6]，跟个猴子似的。哟喂，瞧这印第安人多享受哈，蹬着脚踏车，轻而易举地就

---

1 音节颠倒，即"老大"。
2 指从后锁喉的动作，常用于抢劫钱财。
3 即上文帕尔多·洛亚科莫。
4 暗指莱昂纳多·卡斯蒂利亚尼，阿根廷神父、作家、记者，曾写过不少政治文章。文中人物名字中的"加利西亚"与暗指人物名字中的"卡斯蒂利亚"均为西班牙地名。
5 阿根廷土语，意为"不履行承诺，逃脱"。
6 自行车品牌。

掠过了那些公交，还跟穿着旱冰鞋的大小孩儿们比赛呢，结果刚一交手就被甩在了后头，小外套里裹了一包汗。那会儿，我已经累得小脸儿通红了，可我还是放不下车柄，因为我心中还保有着阿根廷精神的骄傲，我正亲眼见证着祖国的伟大，就这样，我四脚朝天地骑到了维森特洛佩兹。到了那儿，我想着潇洒一回消遣一下子么，便生龙活虎地——他们就差没用小推车来拉我了，也就是他们没有——走进了大名鼎鼎的义勇军[1]烧烤店，结果呢，我明明点的大份玉米面糊糊，好泡面包吃的，我特意这么点的，竟给我上了鹰嘴豆杂烩，就这么狡猾地把我给塞饱了，我之所以没像个无赖那样抗议，是不想让服务生的反应越变越大，他一直摆着张臭脸么。他们还强塞给我半瓶医院水[2]，我也不得不买单哪，买了单，我上路的时候就得更加缩拢起身子了，因为这会儿，我的长袖T恤可是把店主包得热乎乎的了。"

"这位餐馆老板的下场么，"蒙特内格罗评论道，"显

---

1 二十世纪初创建的组织，曾参与西班牙内战，旨在捍卫天主教信仰，对抗马克思主义，其成员多由巴斯克人构成。
2 虹吸瓶装的汽水，早年在药店贩卖，用于胃病治疗。

然是要落得个臭气熏天了。您这个，看着是件普通的长袖 T 恤——坦白说，还挺好看的呢——谁知却是现代版的内萨斯衬衣，准确说就是这样；所以呢，他将与孤独为伴了——永远！——谁叫我们田里的臭鼬有这种不容置疑的天赋呢？"

"听到这小圆面包大的真理，我也就舒心点儿了，"弗洛格曼坦承，"当然了，我这个印第安人一生气，就会变得跟吃了枪药似的，我毫不犹豫地就想出了一大堆报仇的办法，可要我现在说出来的话，两位一定会哈哈大笑的，笑得跟个小胖子一样。我就跟你们发誓吧，要不是因为我们阿根廷人发明了指纹识别[1]——真伟大！——我就替那巴斯克佬顶包了，算他个无名氏得了。我的目的相当明确，是的，我再也不想跟这家烧烤店扯上任何关系了。怎么也不能被这群恶霸给左右了。正是这个决定让我把维森特洛佩兹甩到了身后，像骑手动车[2]一样抵达了圣伊西德罗。我都没敢对着哪棵小树哪怕

---

[1] 1892 年，阿根廷警察伍塞蒂奇以实践经验为基础研究撰写《指纹学》，开创了采用指纹进行身份鉴别和破案的先河。
[2] 一种四轮车，仅用手把提供动力。

尿上一小泡，就怕有哪个小孩把我的自行车给占了，也不管我如何如何凄惨，'哎'过来'哎'过去的。就这样，我像坐滑梯一般地来到了德·克鲁伊夫夫人庄园的紧里头，就是带小亭子的那个。"

"都那个点儿了，您下到圣伊西德罗区是去干什么呢，猴子先生？"侦探问道。

"您按到痛处了，帕罗迪先生。我是要去执行任务来着，把一本小书送到古诺先生手上，这是会长给他的，我记得那本书的标题里还有一小句是用莫名其妙的鸟语写的呢。"

"休战休战，"蒙特内格罗恳求他，"略微停一下，三语专家要开火了。那本书叫作《布朗神父的怀疑》[1]，属于最深奥的那批英国文学作品了。"

"我在嘴里模仿着火车的声音，因为我无聊么，"弗洛格曼说了下去，"结果不知不觉就到了。我那真叫是以汗洗面啊，脚软得就跟新鲜奶酪似的。我嘴里还在'况且——况且'呢，就差点被吓得跌了一跤，因为我见一个男的急匆匆地爬

---

[1] 该书西语版书名沿用了布朗神父的英语名"Brown"，故被弗洛格曼称为"鸟语"。

了上来，就跟在玩'上点点'[1]似的。在这种紧要关头，换作您的话，可能都忘了图帕克·阿马鲁[2]是谁了，可我总还是握紧了我的逃生阀：我无法克制地、刹都刹不住地想像越野跑那样溜走。但这回，我忍住没跑，因为我怕呀，勒·法努博士肯定会骂我个狗血淋头的，也是我活该，谁叫那本小书没送到呢。我只好化惧怕为勇气，跟驯过的小动物似的，跟他打了个招呼，到这会儿了，我才发现，上来的原来是德·克鲁伊夫先生，因为月亮照着他的胡子了，他的胡子是红的么。

"瞧我这印第安人多狡猾哈？帕罗迪先生！德·克鲁伊夫先生才刚一张口呢，我就猜到了，他认出我来了，因为老有那种豪猪仔[3]，您不问候他，他就能一把把您的大胡子小胡子统统免费给您剃喽，但其实在我这儿是另外一回事，因为您也知道，这时候，傻子才不怕呢，我跟愤怒这个词就完全不

---

[1] 阿根廷儿童游戏，名为"下点点、上点点、毒点点"，玩法为一人追逐并用手触碰另一人，被碰到的人须一手按着自己被碰到的部位（即"毒点点"）去反追另一人。
[2] Tupac Amaru（1545—1572），末代印加王，曾反抗西班牙殖民者，兵败被杀。后来的印第安起义领袖常用该名象征解放和独立。
[3] 阿根廷土语，意为"长相粗陋的、壮实的人"。

搭边儿。

"我还跟个人物似的站在那儿,当然了,那'况且——况且'还是留到明年的狂欢节吧,可别让这小胡子觉得我是在拿他配面条[1]呢,回头该把火气撒我头上了。随后,我掐着点儿就走了,结果呢,还不如跟个抹了香油的死兔子似的待着呢,因为您瞧啊,下去之后,我绊在一座出人意料的小山上了,又不得不蹚开了泥巴,从沟里爬出来;要是你们看见我的话,不定以为我在跳什么坎东贝舞[2]呢。

"瞧把在下吓得哟!那小山原来是勒·法努博士的肚子。我未经允许就踩了上去,可这回,他倒没把我打成粑粑,因为他已经死透了,比配了炸土豆的牛排还死呢。就这样,他阻碍了后方的那条公共道路。他额头上有个拇指那么大的窟窿,有黑血从那儿冒出来,这会儿都在脸上结痂儿了。我怕得缩成了个卷尺,我见是大老么,他穿得太像个咸鱼[3]了:白色的马甲,绑腿同上,方塔肖牌的皮鞋[4],我就差唱出'泥巴

---

1 阿根廷土语,意为"拿他开心"。
2 南美黑人的一种动作怪异的舞蹈。
3 阿根廷土语,意为"吃软饭的"或"公子哥儿"。
4 取自当时风行的比利时漫画《斯皮鲁和方塔肖》中总是穿着皮鞋的人物方塔肖。

哟，黑土哟，都献给大树'了，这不是滑稽探戈里的歌词么，因为，我一看到那双裹脚子[1]，就想起了杨比亚先生[2]那张照片，他跟个大主子[3]似的泡在乌因科[4]药泥里的那张。

"我特害怕，我哪怕读到那些怒汉的故事都不带这么害怕的，不过这种状态也没持续太久，因为我立马就眉头一紧，想到德·克鲁伊夫博士肯定也是这么合计的：凶手还在这儿自由走动呢，所以他才会像火箭一样，不假思索地就开溜了。我像领导似的往四周扫了一眼，结果一扫到那亭子，我的视线就定住了，因为我见德·克鲁伊夫夫人在那儿，也准备跑呢，她的头发还散着。"

"都讲到这儿了，大画家我就得发话了，刻不容缓了，"蒙特内格罗表示，"我们得重点关注一下您这画面的对称性：其实它的上半部分是被两个人物占了的，下半部分也有两个。坡顶区域，是至高无上的洛洛·比古尼亚，恰好被一抹月光给照着；她在麻木之中，也就退出了各种无谓的侦探推理逻辑了。

---

1 阿根廷土语，意为"鞋"，多指乡土风的粗制皮鞋。
2 Héctor Llambias，阿根廷散文家，保守派民族主义者。
3 阿根廷土语，意为"有钱人"。
4 阿根廷著名温泉地。

这真叫是给她丈夫好好地上了一课。因为，就在这个当口，德·克鲁伊夫先生正在那平庸的山坡上奋力逃窜呢，也不知有什么正当的忧虑在驱使着他，反正他是和附近的黑暗混到了一块儿。所以事实远非我们期待的那样，尊敬的帕罗迪，我们还老说呢，基座总得对得上穹顶吧。而玷污了那穹顶的更有两位发育不全的人物，他们还没能摆脱那条耻辱的污流：首先是那具尸体，肯定是不能指望它再动上一动了，再来就是华沙的垃圾堆[1]赐给我们的希腊礼物[2]了：这位长不大的小老头。而在这幅画最后落款的则是那辆阿兹特克脚踏车，或者更准确地说，是埋汰客[3]的脚踏车。哈，哈，哈，哈！"

"真是神圣的话语啊，我的好小盆友[4]！"马塞洛·N.弗洛格曼（又名"到底右手"[5]）感叹道，还在拍着手，"我就跟您保证吧，当时的我啊，一下就跟结了块的牛奶似的了。谁

---

1 指二战期间欧洲最大的犹太人聚居区。
2 见序言注释，"特洛伊木马"。
3 来自法语，阿根廷土语中亦有该词变体，意为"外国人、外乡人"，最早指"来到雅典但不享有当地人权利的外乡人"。
4 作者在这里使用了一个儿童风格的叫法。
5 指厕所。

还能认出我是那个快活小子，那个无私的自行车手呢？——啊，他会骑着他的自行车，穿梭在黑夜之中，向那些城郊的小镇吐露着他祥和的'况且——况且'。

"我全力呼救了，当然是轻声细语地喊的，别叫哪个呼呼得四脚朝天的听到了，更别提那凶手了。之后呢，我就被吓了一跳，现在坐在这号子里想起来，我还真觉得好笑了。是说，古诺·芬格曼博士一副混不吝的样子，就这么出现了，身上套着件缝了又补的雨衣，头上是他的船帽，手上是水豚皮的手套和换季时候的手杖，嘴里还吹着《从来没有一只猪咬过我》[1]，对死者没有一丁点儿的敬重，不过话说回来了，正常不注意的话，他肯定也是扫不到他的。我在胸口画了个十字，往头上浇了波圣水，想着这大包袱块儿[2]胖子呀，这是土鸡掉剧院儿里[3]了哟，这可是犯罪现场，说不定哪个草丛后头就蹲着个地溜子[4]，可以灌我一顿药[5]的。当然了，很快我就发

---

1 探戈曲。
2 阿根廷土语，意为"笨拙的"。
3 阿根廷土语，意为"无辜地被吓一大跳"。
4 阿根廷土语，意为"流浪汉、无赖"。
5 阿根廷土语，意为"惊吓"。

现，来不及权衡什么利弊了，因为我的眼里只剩下那根手杖了；这个大嘴巴子[1]，现在倒是挂着它，跟个可怜的残疾人似的，可是，哪怕在他把'小酒肚'那瓜娃子扔进花坛之前，我就相当敬重他，甚至超过了那位坐敞篷马车的先生，因为这人太猴精了，比猴子还猴子，他永远不会让我不掏钱就走的。您可坐稳了，帕罗迪先生，您要记得，这是我难得糊涂里的一点糊涂：谁想讲这些俗气的东西呀——要是您愿意的话，也可以称之为肤浅——我是想告诉您，芬格曼博士看到那大红肠儿[2]时是怎样一副光景：这位生来的胃门儿一把抓住我KDT色[3]的领结，就把脸凑了过来，死死盯住我的脑门儿，就跟在照镜子似的：'您哪，臭水浜，还是叫您废水浜吧，见之即付[4]懂吗？谁叫您监视我的，赶紧把钱转我吧，我这可是抓现行了。'而我呢，为了引开他的注意，让他忘掉那个丑恶

---

1 阿根廷土语，意为"耳光"，阿根廷人习惯用这个绰号称呼演员埃里克·坎贝尔，因为该演员常在卓别林的影片中饰演肥胖儿粗鄙的角色。阿根廷作家罗兰多·雷瓦里亚蒂也为其创作过同名小说。
2 阿根廷土语，意为"尸体"。
3 秘鲁的一家足球俱乐部，队服为黄黑配色。
4 引自票据交易中的术语"见票即付"。

的企图，就唱起我们工兵中尉学校升旗时的校歌。不过，都说坚持的狗狗总能抢到面包块儿的么，我果然逮着了个机会；他一分心，就把我的领结给放了，他看到那具尸体了——那句话怎么说的来着，那人已经去到'历史之外'了。瞧瞧他那张惊鸟儿[1]的脸吧，那种特豪华的悲伤。要您听见他说什么的话，您肯定会笑的，就跟我抽了自己个大嘴巴子一样。'可怜的兄弟，'他的声音好像波特兰水泥，'今天股票涨了半个点呢。你倒死了。'他哽咽了起来。趁此机会，我赶紧朝他吐舌头来着——还吐了两次呢！当然是在他背后了，披着夜色的斗篷。可别让那泪干肠断的发现了，回头下重手，教我什么叫作尊重。对任何关乎个人安全的事，我都会跟刚涂好的油漆似的那么护着，至于别人的不幸么，我面对它时的表现就可以说像个士兵了：你会见我每分每秒都在微笑着，啥事儿没有似的。不过这回，我的禁欲主义可没派上啥用场，因为，还没等我骑上脚踏车冲往家的方向、兴高采烈地'况且——况且'起来呢，古诺·芬格曼博士就拎住了我的一只

---

[1] 阿根廷土语，意为"惊慌"。

耳朵——想必他也是没多寻思,之后那只手得多招苍蝇啊。被来了这么一下子,我刚才的气焰可真就不知哪儿去了。'我懂了,'他说,'您这是厌了啊,他老把您跟鞋底子一样对待——虽说也确实就是吧。于是,您就抄起把左轮,现在应该是失踪在泥地里了吧,朝他开枪了——砰,砰,砰——全都打在了脑门儿上。'他也没给我个饶头,就几秒钟的休息,好让我在灯笼裤里尿上一泡的,小银和我[1]当场就趴了下来,想的是能侥幸找到那把火器,就仿佛他是圣地亚哥警长似的。而我呢,则是再正经不过地想让情绪快活起来,想着能不能找到个毛绒帕托鲁苏[2],我自个儿独吞了。可与此同时,我也在紧盯着他,希望他找到的那把左轮是巧克力做的,然后,他就会把那包锡纸统统让给我,顺便给我剩下个一小点儿的。哎,什么巧克力啊、左轮啊,这位吃大人[3]在巷子里哪能找到这些呀!他确实找到了,找到根0.93米的手杖,是拐棍样

---

1 《小银和我》是西班牙作家胡安·拉蒙·希梅内斯所著诗集,小银是一头毛驴。用在这里指芬格格曼拽着弗洛格格曼的耳朵一同趴下时,或有双关意,其一,暗贬芬格曼为驴子,其二,芬格曼的生活与金钱息息相关,故称其为小银。
2 阿根廷著名漫画主人公,有超能力。
3 阿根廷土语,意为"特别能吃的"。

子、里边藏着剑;只有蒙眼的[1]才会把它跟完儿蛋[2]勒·法努博士的另一根手杖搞混呢——结果还真就是那根了。才刚见到那根手杖,下一秒他就用它来威胁我了,说,那坏虫本来是用它来抵御我的顶撞的,他戳啊戳啊的,谁知我一梭子枪子儿就把单据给签了:砰,砰,砰,砰,砰,砰。瞧我这婊子养的印第安人有多狡猾哈!我一句话回过去,他就不吭声了,正中要害。看我英勇不英勇,我直截了当就问了他,道出了那句大实话:他真觉得我是那种会从正面攻击的人么?然而,我这运气也太废了吧,我都哭成那样了,他怎么就不心软呢,再加上那九十毫米深的水中哑剧啊,那会儿已经下起大暴雨了,他差点儿没把我的痂都给揭了,我也差点儿没冻死在那儿。

"再后来,他就跟个老手一样骑到我的自走车上,还一直拽着我的耳朵,把我的耳朵按在把手上。于是,我不得不在旁边跑得水花四溅的,终于万幸,我看到了警察局的那一

---

[1] 阿根廷土语,意为"瞎子、近视"。
[2] 阿根廷土语,意为"死者"。

点儿光。在那儿，秩序守护者们把我狠抹[1]了一通，第二天早上，他们就请我喝了杯冰镇马黛茶。在他们用除臭剂冲洗整个警局之前，他们叫我签字立誓，可别再来了。我获准以步兵部队的体式回到雷蒂罗区去，因为我的自行车被没收了，他们会在警察之家的一份报纸上登出它的照片，但我买不了，没法满足我合理的好奇心了，因为那份报要五分钱。

"我一直忘了告诉您，在警局里，他们是派了个得感冒的警卫来检查我的口袋的，查完他就去洗澡了。他们边查边给里边的内容做了个登记，而我呢，虽然大致猜到了他们会找到哪些东西，也没吱声，就想看看他们会乱成个什么样——瞧我这狡猾的。他们掏出了那么老多东西，我就常常在想了，我是不是只袋鼠啊，或者更准确地说是负鼠，百分百的阿根廷负鼠，就驻扎在卖纸卷花生的杂货铺子附近。首先，我很轻易地就让他们吃了一惊，他们找到了在咖啡馆喝饮料用的麦秆；随后，是我要寄给'乳牙'的明信片，我打草稿了，

---

[1] 阿根廷土语，意为"打、抽"。

还修订了；再然后是我的原住民证书，三A会发的，我不止一次地否认了他们的怀疑：哪儿有外国人在给我撑腰啊；之后，是一块干蛋白酥，不能啥都泡了奶油吃吧；再有呢，是几个零碎的铜钱，都已经被用软了；另有一个隐士-气压计，他们进来捣鼓我朱夏遂[1]的时候，它就从岗亭里探出头来了；最后，是那件礼物，托尼奥先生送给'杂色猪'[2]芬格曼的那本书，上头还有勒·法努博士本人的签字。我就觉得这太好笑了，您看我笑得，都抖成这样了，像不像个巨型布丁哈？我之所以没把嘴笑坏了，是因为我抹猪油了。我笑的是这群二愣子，也就是做个热身运动吧，就给我来了一小坨的香蒜酱，差朵儿[3]没把我从骨头上拆下来，但哪怕是这样，他们也只能听从事实了：这本吞书[4]里的语言啊，连上帝本人都领悟不到半儿一[5]的。"

---

1 原文为意大利一炼金术士的姓氏 Cagliostro，与"下水"的西语词 Callos 读音相近。在此用其真名 Giuseppe 音译近似"猪下水"换译。
2 学名为领西猫，习性与猪类似。
3 阿根廷土语口音倾向于在原词中加上本没有的元音"u"。即"一点儿"。
4 阿根廷土语口音，即"天书"。
5 同一单词的前后音节颠倒，即"一半儿"。

五

不几天后，拉迪斯劳·巴雷罗博士，又名"小马"巴雷罗，又名"加里波第像[1]"巴雷罗，也进到了二七三号牢房，进来的时候，他嘴里哼着米隆加[2]探戈曲《教皇是牢靠的》[3]。他嘬了口烟屁股，又唾了口唾沫，感觉舒服些了，便霸占了唯一的那条长凳，把所有的脚都搁到了法定的铺位上。他用折刀（当晚，我们很想念它）清理了某片指甲，随后，在哈欠与哈欠间，和着他例行的响鼻，巴雷罗吹嘘了起来：

"真叫是您的好日子啊，帕罗迪先生，在此，容我向您介绍巴雷罗博士：在勒·法努息止安所一事中，您可以将我看成是您的父亲。您哪，大家也都看到了，奢侈地把我从加里波托咖啡馆[4]里拽了出来；在那里，但凡肯出小费，都会被安排上一杯地道热过的啡咖，用手指加浓过的。但现在呢，还是切回到我的概述吧：我被条子[5]弄了，底裤都不剩了。可我对自己说：笑笑呗，里戈莱托[6]，下述签署人[7]怎么能睡死在月桂丛里[8]呢；把[9]上你的菇蘑[10]和冬衣[11]，坐上八路电车，走上连波卡涅拉[12]都没有走过的旅程吧。就这样，他逐渐就搜集到了些信息。而您呢，此时还跟一大群小毛孩儿一样，不知道该往哪里走呢。最辛苦的事我已经做掉了，剩下的连蠢蛋都会了；我就把这些信息背书给您吧，您跟个锅子那样坐着就行了，奥品顿鸡已经炖好了。我们还是从那犹太人开始吧，我一直放不下他，他

---

1 加里波第系意大利将领，在欧洲和南美都屡立战功。位于布宜诺斯艾利斯意大利广场上的加里波第雕像为骑马像。
2 类似探戈的一种南美舞曲。
3 系作者杜撰。
4 探戈音乐家常去的咖啡馆。
5 阿根廷土语，意为"警察"。
6 威尔第歌剧《弄臣》中貌丑背驼的主角。
7 巴雷罗作为律师，有时在对话中使用法律词汇。
8 谚语，指"吃老本，沉醉于已有的成就"。
9 阿根廷土语，意为"抓起"。
10 阿根廷土语，意为"帽子"。
11 阿根廷土语，意为"大衣"。
12 威尔第歌剧《西蒙·波卡涅拉》中的主角，长年在海上四处航行。

一直是我眉头的一个结：千万别忽略了这个生化人[1]，是叫'猪手'吧，他可是吃吐司界的大拿。在佩杜托[2]那会儿，他可不像那些畏畏缩缩的人，一见那臭脚丫子味儿的家伙端来盆不带鹰嘴豆的木薯，就直接被吓退了。您是没见过他哟，一股子牛奶面包的味儿，要不就是面包皮、面包粉什么的，他到斯堪纳别克药房[3]去，人都不让他上秤，觉得他脂肪过多了。这'犹太会堂'[4]的姐姐爱玛呢，也是个吃货，我是从一张吐小舌头的照片认识她的。她扔了个凡士通[5]给勒·法努，当时后者还是菩提树下大街[6]的扛把子，如今是收山了。爱玛那家伙，借着怀上三胞胎这件事——姥姥姥爷都高兴坏了——就轻而易举地去拉他做了登记，想的是断了他移民的念想，但其实呢，这蠢货，此前连想都没想到过这个。这点儿精给她套了个弗里扎[7]的姓，

---

1 阿根廷对犹太人的别称，或指纳粹对犹太人所做的生化实验。
2 一意大利姓氏，或指蒙特内格罗府邸。
3 布宜诺斯艾利斯市中心的一家药房。
4 芬格曼的另一个称呼。
5 轮胎品牌，在此意为"套住"。
6 柏林的一条著名街道。
7 或指奥地利画家克里姆特的作品《弗里扎·里德勒肖像》，克里姆特的肖像画，其绘画对象常为犹太家庭。

在一个豪华街区的中心地段给她开了间房,又叫来一家聋哑人跟她合住:这家人,又会疏通那大理石玩意儿[1],又能阻碍她跟亲叔亲舅们联络,何乐而不为呢?再来,他就给她找了份进账,叫她去当田径赛领座员。比赛一共六天,还没等赛果出来呢,他就钻空子进了荷兰克尔恺郭尔魔术学校[2],结果他上一半又不上了,坐着一班运牲口的船,就回到了我们共和国,在船上的时候,他缩在个仿皮提箱里,一看那大小,必定是装不下他的。到了阿尔韦亚尔[3],他还全身麻着呢,是几位整骨大夫把他掰回了原形,差点儿没给他整成蛇男阿斯普拉纳托。好了,我们还是把花音儿[4]啊、气球[5]啊,都撇到一边去吧,那么问题就来了:作为一个身板儿挺直的家伙,他会怎么做呢,假如有个浮夸的脸子把纯榨橄榄油[6]送给他姐了——哪怕她就是个不要脸的里贝卡丝[7]——叫她的

---

1 指厕所。
2 系作者杜撰。
3 阿根廷一河港。
4 阿根廷土语,意为"装饰音、花架子"。
5 阿根廷土语,意为"谎言、胡诌"。
6 或指精子。
7 阿根廷土语,因犹太人会将"瑞贝卡"发音为"里贝卡丝",故用"里贝卡丝"来代指犹太女人。

肚子胀成了个南瓜，还让她面对大气层那么高的账单，在一个那样的街区里，哪怕她想像个嗡嗡叫的飞虫那样从街上经过，还得求得那些公子哥儿的许可。所以，那犹太人就在汉堡搭上一艘快艇，给自己取了个臆想的父名，来到了拉古萨酒店；登陆的时候，他已经成了一头穿绑腿的动物。他在酒店苟延残喘着，也不作声，直到一个精明贝贝儿教给他，为什么不小敲他姐夫一笔呢？一年之后，他果然就中头彩了：那姐夫，又名勒·法努，决定跟潘帕斯成婚，想的是为他的街头活动开辟新的前景，可是这就构成重婚了。一下子那么多的奶水[1]冲昏了犹太人的脑瓢儿，他脑子一热，在提诉求的时候就失手了，下手过重，结果这么一来，事情就搞僵了，那只会孵金蛋的孵蛋器就妥妥地占不得了。"

"别耍滑头了，年轻人。"犯罪学家说道，"别把我迷得像小面包进了大胖子的肚子，到了哪儿都不知道了。我就请您说明一点吧：您讲话的时候就跟未卜先知似的，难道这些好听的情节跟我们的案件有什么关系么？"

---

1 阿根廷土语，意为"幸运，运气"。

"怎么就没关系了，乌斯怀亚[1]先生，'小火腿'和死者不是紧紧扣着的么？我请您相信我，称斤相信我，瞧瞧我这斤两吧：就说印第安人弗洛格曼，一位猪牌[2]证人，他对归西的勒·法努是异常反感的，反感到他爱上哪儿漱嘴上哪儿漱嘴去[3]，结果呢，我们这位仁兄倒是做出了不错的陈述，皮球应声就入了网：任何对事情毫无助益的闯入者都被他一一略过了，而他碰上的第一个附属品，当时他刚瞅见那具尸体，就是——为今天的惊爆新闻预订一节普尔曼列车[4]吧——就是那进口美食——'猪手'了。在我眼里，小老头儿啊，您就是个穿T恤的塞克斯顿·布雷克[5]，任何人过来耍花招，说那犹太人只是偶然路过的，在您这儿都行不通。哎，大哥，您就别瞒我了吧，您已经准备好要公布那个爆炸的消息了：那以色列人就是凶手，是他叫勒·法努两腿一蹬去了。瞧吧，您估计要把我当成个癫子了，可即便在这点上，我俩也是一致

---

1 阿根廷南部城市，世界最南端的城市，被称为世界尽头。
2 意为"质量差，或因没名气所以质量存疑的"。
3 阿根廷土语，意为"随他滚蛋"。
4 高价卧铺列车。
5 小说中的侦探角色。

的，凶手就是古诺·芬格曼了，哈，哈，哈！"

操着他难以自控的食指，巴雷罗博士冲着帕罗迪的肚子做了几个欢乐的击剑动作。

"祝您健康哈？帽子哥儿[1]嘿，祝您健康！"

巴雷罗的最后一句讽刺不是说给我们不为所动的侦探听的，而是投向了一位壮实的绅士。这位绅士奇胖无比，脸上全是雀斑，毫不做作地戴着一顶熏蒸消毒过的礼帽；斗牛犬牌的硬领，限时归还的；无臭乳胶做的领结；鼹鼠牌手套，带大拇指的；屎脑牌香烟，已经被善加利用了；闪电牌大衣和裤子；非城牌的动物毛毡绑腿；羊牌硬纸填料短靴[2]。这位理财行家便是古诺·芬格曼了，又名"鼠海豚"芬格曼，又名"每头乳猪"[3]。

"健康茁壮啊[4]，我的同胞们，"他的声音有如灰泥一般，

---

[1] 阿根廷土语，词根"galera"既有"帽子"的意思，也有"号子、监牢"的意思。
[2] 上述品牌均为作者杜撰。
[3] 取自西班牙谚语：每头乳猪都会来到它的圣马丁节（临近宰猪腌火腿的日子），即"人皆有一死"。
[4] 意第绪语常用祝福语。

"从交易的视角看,此次来访必然是亏损的,我提议由出价最高者负担。一旦告诉你们有多少人在争抢我的位子,诸位就能用现金计算出我的成本有多高了:我这双敏锐的眼睛哪怕只是小小地松懈一下,没有时刻紧盯着股市大盘!我实际就是辆笔直开的坦克:我会对准了某个明显的亏损,然而这是有条件的,妈的,我必须得到高额的赔偿。我可不是什么不切实际的人,帕罗迪先生:我向您提交的项目肯定都是事先策划好的,下面我就用我一贯的坦率向您汇报一下我的计划,因为我在记下它们的时候,没有经过多余的手续;巴雷罗博士想必是没法对我的善意发起突然袭击了,我的意思是,他会不会想把它据为己有呢?"

"谁会抢你啊,谁会啊,"法律咨询师抱怨道,"你不就剩点儿头皮屑了嘛,顶多用来生产生产布兰卡多[1]了。"

"您想错我了,博士,给我扯来了这样一个不会增加我财产的争端。还是直奔主题吧,直奔主题,把我们的能力黏合到一道吧,帕罗迪先生?您来提供灰质[2],我来用现金殿后,

---

1 阿根廷发蜡品牌,干了之后会在头发上呈现出白粉状,像头皮屑一样。
2 中枢神经系统的重要组成部分。

我们一起开个事务所怎么样？各种现代设备应有尽有，有秘密调查用的，有侦探用的。那首先呢，要筑牢开支的堤坝，我就把租金给砍了——这是个解不开的死结；所以，您继续待这儿就好了，就好比那租金政府给付了，我就负责外面的行动……"

"要是猪肉冻生意没有找上你的话，"巴雷罗打断他，"你还是光蹄子走吧……"

"要不还是坐您的车吧，巴雷罗博士，反正您的资料收集工作也就是在华恩丝街[1]上做做的。至于您这身衣服么，这会儿是叫您胖的乎的[2]了，可您也得睁大眼睛瞧着啊，千万别自顾自又跑回到您的裸体主义者队伍里了。"

巴雷罗宽宏大量地裁断道：

"你就别打小报告了吧，华沙先生。人都发你长期讨饭牌照了，你就恭敬点儿呢？嚼麸子的[3]，说你呢。"

"我对我们公司的第一笔投入，"芬格曼没当回事儿，又

---

1 布宜诺斯艾利斯的一条主干道。
2 阿根廷土语，意为"发财"。
3 阿根廷土语，意为"穷鬼"。

朝伊西德罗先生说了下去,"便是正式告发那位犯罪分子。帕罗迪,我把这个机密转让给您,您可以自己到报纸上去看,到相关报道中去确认,是没法儿再真了。事发当晚,我在尸体附近遇见了谁呢?正是这个该宰的弗洛格曼。他是嫌疑人么,我就不得不把他扭送到警局了。我的不在场证明是毫无间断的,不容任何人置疑:我是徒步从下面过去的,总不能错过了宾堡·德·克鲁伊夫夫人免费的凉亭款待吧。您肯定也已经在脑壳里琢磨再三了,弗洛格曼的情况跟我完全不一样。我是不会反驳您那个坚定的想法的:弗洛格曼就是凶手!这撒尿小人厌倦了死者像待鞋底子一样待他——虽说他确实就是——就抄起了把左轮——警察还没在泥地里找到它呢——朝他脑门儿开了枪:砰,砰,砰。"

"老俄[1],你知道嘛,我觉得你说得对,"巴雷罗热情洋溢地说,"你来啊,让我拍拍你,好叫你脑子里的肥膘下去点儿。"

这时,又来了第三位绅士,牢房就变得更逼仄了。这是

---

[1] 即阿根廷土语中的"俄国佬",指犹太人。

马塞洛·N.弗洛格曼，又名"西藏洋葱"。

"哎哟喂，帕罗迪先生，哎哟喂，"他声线甜美，"您可别怪我大夏天的过来，这个季节，我就更是跟放变质了似的。巴雷罗博士，古诺博士，我不跟两位握手，都知道，是为了别糊了你们的手，可哪怕是保持着距离，两位保护人，我还是想求得你们的祝福的。稍等一下哈，容我蹲下来；再稍稍等一下，待我这阵肚子疼过去，瞧把我给紧张的：不仅仅是进到您的监室里，帕罗迪先生，还近距离地接触了这两位导师，他们给一个建议，就跟敲我一下脑门儿一样，都是大有益处的。我老说，都想好了要打了，那最好还是一上来就打，别让我坐在板凳上，耐心等着那第一记脑瓜崩。"

"你要想让我拉你一把的话，就别瞎提什么诉求。"巴雷罗说道，"他们叫我贝贝儿裴斯泰洛齐[1]也是不无道理的。"

"您别二话没说就跟我干仗啊，博士，"原住民主义者辩白道，"您要那么喜欢捣我巧克力[2]，为什么当时不回击邦凡蒂

---

[1] Johann Heinrich Pestalozzi（1746—1827），瑞士民主主义教育家，致力于教育贫苦儿童。
[2] 阿根廷土语，意为"打得流鼻血"。

博士呢，把他鼻子抽得都瘪进去？"

"既然这会儿我都成了个写寓言的了，老跟动物说话，"帕罗迪发表着意见，"那我也来问问您好了。圣所[1]先生，您是不是也给我带消息来了？是谁给了死者那张天国通行证呢？"

"听您说到这个，我可太高兴了，嘴巴都跟着哈喇子一块儿掉下来了。"弗洛格曼拍手称快，"我就是为了这个，才一副脚丫子踩着猪油，溜到这儿来的。上回我嚼着嚼着腊肠就睡着了，我是被派去看狗屋的，结果它气儿都不出一声；后来我就做了个梦了，好笑得很，我看见凶手的把式儿了，连四眼都能看得煞清的那种。于是我当场就被吓醒了，抖得跟个果冻小面包似的。当然了，一个纯正的恰卢亚人，正如在下我，在研究起梦和狼人什么的时候，可是累不着椰壳儿[2]的。自从好久以前，我就一声不吭地在侦察着那些加利西亚佬[3]的活动了。我并拢脚跟祈求您，帕罗迪先生，您大可以当

---

[1] 厕所的戏称。
[2] 阿根廷土语，意为"头、脑力"；这里"累不着椰壳儿"指"不知疲倦"。
[3] 阿根廷土语，意为"来到阿根廷的西班牙人"。

作灌了肠儿了[1]得了，要是您觉得，听完我下面这番话，您就跟剔了骨的小鸡儿一样站不住了：我们部落里出了叛徒！就跟往常一样，既然缠线儿[2]了么，总是纸卷儿[3]出了问题。您也知道，我们的兄弟'脚踏车'，他每年五月九号照例要庆祝一番的，那天是他的生日，我们也回回都会给他个惊喜，送他盒花式糖果什么的。这回我们又抽扫把决定，由谁来做那个勇敢的人，到出纳那儿去——那儿只有两点钟到四点钟开门——求他给点儿钱买糖。抽到在下了！所以我的证人就是这位出纳本人了——同样在场的古诺·芬格曼博士，他肯定不会让我瞎说的：他一把就把我勒了半拉回来，说，现在连印传单的锛子[4]都没了，哪里还有让我们大家吃蜜的份呢。那我就想给诸位来个问卷调查了：这回，是谁贪污了呢？连个小外国佬都知道这答案：马里奥·邦凡蒂啊！但你们肯定要说了，把我贬得连句话都说不出，比红邮筒[5]还安

---

[1] 阿根廷土语，意为"吞下，把……当作秘密"。
[2] 阿根廷土语，意为"起争端"。
[3] 指包散装糖果用的圆锥形纸袋。
[4] 阿根廷土语，意为"钱"。
[5] 阿根廷邮筒为红色。

静,特别是还要怼我一嘴,这太容易了,说邦凡蒂可是原住民主义者中的大拿,就跟那些皱不拉几的剪报里歌颂的一样,这些东西都是从我们的'每周一管儿[1]'上摘下来的,是叫《突袭》吧,现在它已经抬不起头了——'小红莓'会说:'有些人不是在忙着抱怨嘛,说,只有奶吃[2]娃子才会挖掘和热爱那些新近出现的印第安西语呢,其实,这恰恰毫不掩饰地表明了,他们已经老得要枯死了,萎得跟烟熏栗子[3]似的了。'

"你们可以三管齐下,轻轻松松地就把我给搞了,说邦凡蒂平时可是穿一体式内衣的,确切地说,他就是头全羊毛的绵羊,哪还用得着贪污啊?然而,我奇迹般地从你们手中滑脱了,趁还没有消失在远处吧,我得恭敬地向诸位坦白:每回,只要在下融化在泪海之中,或是从喉圈儿或者说喉咙里发出一声属于男子汉的抽泣,就能让那加利西亚佬给我几个镍子[4]的,让我买上些奶酪,或者一盒给过路鸟吃的面包屑

---

[1] 阿根廷土语,意为"针筒",转义为"令人讨厌的事物"。
[2] 同一单词的前后音节颠倒,即"吃奶"。
[3] 阿根廷土语,意为"瘠瘦"。
[4] 阿根廷土语,意为"小钱币"。

屑，而我呢——长年专注于自己小肚腩的我——就会用它来做个汤。所以常有人对我说，把钥匙插进锁孔的瞬间，我就百分百地亲[1]上那风险了，我的白内障会被免费摘除，要不然就是，我最最尽忠职守的眼睛会感觉到刺挠。我不会否认的，单是闻到那把镍子的味道，或是掂掂那块奶酪的分量，我都能笑得跟坐上有轨电车旅行去了似的；然而，那个幻想也在不断激励我：我要扒下他的假面，这个拿别人的票子挥霍的二流子。可别拿那些彩图小人书来诓我，说一个淌着大汗、好不容易挣来几个子儿的人——不管是正道还是歪道——是绝不会把钱浪费在第一个跟他摆谱的无赖身上的。要我说啊，事实就是，他被现在在雷科莱塔[2]睡大觉的那位给钓[3]着了，于是，这位佛朗哥[4]派就只能抄起几把家伙[5]，把他弄死了，好

---

1 阿根廷土语，意为"撞上、不期而遇"。
2 布宜诺斯艾利斯的一处墓地。
3 阿根廷土语，意为"抓住"。
4 Francisco Franco（1892—1925），西班牙内战期间推翻民主共和国的民族主义军队领袖，西班牙国家元首。在二战后开始文化大统一政策，限制方言，推行标准西班牙语。
5 阿根廷土语，意为"手枪"。

让他别到警察那儿去喷泥巴[1]。"

牢门开了。一眼望去，在狭小的监室里挤得亲密无间的房客们还以为这位最新的闯入者是头英俊的类人猿；几分钟后，马塞洛·N.弗洛格曼，又名"可怜我亲爱的鼻子"，这位先生的明智的"昏厥"修正了这个小小的错误。马里奥·邦凡蒂博士（照他自己文绉绉的说法，"就好比是汽车司机迅猛的鸭舌帽与过熟的掉书袋之人的长至后跟的风衣的联姻，至于这件风衣么，它又何尝不属于一位令人难忘的旅人呢"）也钻进了这个磨人的地方，除了他的左肩、右胳膊，以及那只有力的大手，它正握着个精致的熟泥半身像扑满：一位全彩的费德里科·德·奥尼斯先生[2]！正是在他的陪同下，我们这位酷爱同音反复、酷爱混乱的主人公（他高高的额头上顶着那个恰如其分的名字：豪尔赫·卡雷拉·安德拉德[3]）抽出了他艺术家式的宝剑，开始初试锋芒了。

"早上好啊，各位，我这是连胳膊肘都陷进牛马粪里啦。"

---

1 阿根廷土语，意为"告发"。
2 Federico de Onís（1885—1966），西班牙语言学家、文学批评家。
3 Jorge Carrera Andrade（1903—1978），厄瓜多尔作家、诗人。

邦凡蒂的话很应景,"您是不是要比哈拉马的斗牛还哞得欢了,帕罗迪吾师?见我不声不响、镰刀砍刀[1]地就想往您这儿钻?我要说明以及表明的是,我之所以会天不遂人愿地被投进这窄楼窄屋的混杂和芜杂里,倒也不像悬梁悬顶那样无根无据。是我心中尚还值得赞扬的那点自尊在鼓动着我,去履行那项光荣的帝王的使命。我这也不算是在抖擞下巴[2]吧,如果我说,为了保护他人不受那些粗鄙的揶揄和攻击,我毫不犹豫地就在我学究气的教授生活中插入了些松快。我们的何塞·恩里克·罗多[3]说得好啊,生活就是革新;而我呢,那两天——准确地说,就是惹人厌的勒·法努彻底清账了的那天——我就想着,要解开缠住我头脑的布条,把蛛网和旧货都擤了,为无用而快乐,我要抛出那一连串疯疯然的破烂儿中的头一个了,它看着像花架子,却可以葬送老练者的谨慎,让他毫不恶心地就可以吞下一种更健康的教义制成的苦口药丸。于是,那天傍晚的我怡悦坏了,就说打个盹吧,到秩序

---

1 西班牙口语,意为"不顾一切、全力以赴"。
2 西班牙口语,意为"以自负的态度说话"。
3 José Enrique Rodó(1871—1917),乌拉圭作家、政治家。

街精选影院的那排软座上躺着去,就连普罗克汝斯忒斯[1]都铺不出那么舒服的床来。结果呢,一个特有说服力的电话就把我从那团光晕之中连根拔了出来。还不够伯爵跳支舞的工夫呢,我那旱天的计划哟,就被它剖开肚子划了个稀烂;连萨马涅戈[2]睿智的铅板也印不出我当时的欢腾。事实上,在我耳边响起的那个声音,不会错的,正是弗朗西斯科·维吉·费尔南德兹[3],是他,以萨马涅戈协会[4]保洁员的名义通知我,以一票的微弱优势,那个提议已经被通过了:请我当晚到那儿去做个颇有教益的讲座,是关于巴尔梅斯[5]作品的谚语学价值的。他们直言不讳,凭我的口才,足以在那个学会里授课了。而那个学会呢,它丝毫不鸟大城市扎堆的喧嚣,而是洒脱地把外立面杵在了未来的南方森林这个最后的天堂里。要不是我的话,面对这么紧迫的时间,肯定是要可劲儿哭、可劲儿

---

1 希腊神话中的妖怪,名字意为"抻长者"。普罗克汝斯忒斯会抓住旅人,让他躺在床上,旅人的个子比床长,则将他截短,比床短则抻长。
2 Felix María Samaniego(1745—1801),西班牙寓言家。
3 Francisco Vighi Fernández(1890—1962),西班牙诗人。
4 系作者杜撰。
5 Jaime Balmes(1810—1848),西班牙哲学家、理论家,出生地为西班牙比克。

叫唤了,但一位工于此事的语文学家可不会是这样。他已经驯服了他的档案夹,所以一句上帝阿门的工夫[1],他就能完整和完全地把笔记本里所有关于J.马斯彭斯·伊·卡马拉萨[2]的折边捋顺喽。容易被带跑的没有恒性的灵魂,简单概括一下吧,就是德·古维尔纳蒂斯那种,他们一见到这些郊区协会的通知通告、盖章盖戳、标签标牌什么的,往往都要笑掉一层皮;不过,他们也必须承认,这些隐蔽得很好的协会常常都证明,他们知道的比莱贝还多[3]呢,他们并不会为了追随流行就虚张声势地吠叫,而在选择最为优秀的讲演者的那一刻,他们丝毫没有糊里糊涂的,就径直向我抛出了鱼饵。还没等仆佣在我的书桌上摆好法式酸辣酱牛肚——紧接着就该是莱昂式牛肚了,用我习惯的大盘装的,有盐、洋葱、欧芹——我已经完成了一篇比第三道菜——马德里式炖牛肚——更有营养的散文了,大概有八十页纸吧,其中有教诲,有新知,

---

1 西班牙口语,意为"一眨眼"。
2 Jaum Mapons y Camarasa(1872—1934),西班牙作家。
3 西班牙口语,意为"精明过人"。莱贝是十五世纪的一位西班牙主教,以智慧著称。

还有讲学中的风趣。我把它重读了、改良了,加了些巴斯克式的调侃,好展平阿利斯塔克斯和佐伊尔们[1]的眉头;我又朝肚子里打进了两个阿孙伯雷[2]的鱼汤,为了稍稍缓解么,已经裹在 T 恤中的我又喝下了两大碗热腾腾的巧克力,用的是索科努斯科[3]的可可。随后我就出发了,勒紧了我的围巾,登上拥挤的有轨电车,它们把根系扎在被夏季烘软了的大街小巷里。

"我们才刚驶过家庭垃圾拣出副产品转让所得税税收办公室的背面,一视同仁地占满了车上的所有座位、平台和走道的密密麻麻的清洁工们就收获了很顽固的一坨蛋禽收集者的陪伴;他们笼子倒是不缺的,那些咕咕声,尝着有荣耀的味道;而此刻的车厢之中,已经没有一丝缝隙不是填饲着玉米、羽毛和鸟屎了。自不用说,那么多乱七八糟、鸭讲鸡嚷的,我的饥饿感就这样被唤醒了,苦于没有用卡伯瑞勒斯奶酪、

---

1 Aristarchus(前 315—前 230)和 Zoilus(前 400—前 320),分别为古希腊天文学家和哲学家,在西班牙语中代表"刻薄、恶意的评论者"。
2 古计量单位,1 阿孙伯雷约 2.016 升。
3 最著名的可可产地之一,位于墨西哥。

布里亚纳奶酪、骡蹄子奶酪塞满我的背包。在这些幻想的大力驱使下，我淌起了口水，下面这个举动也就算不上奇迹了：我顶开障碍，太过提前地就从车上挤了下去。幸好，附近就有个小馆子，那家意大利式的招牌披萨店，一下就搅动了我的心绪。于是，我不惜妈内[1]，采买了好多的马苏里拉、好多的披萨；瞧我这个困窘的语文学家啊，当着西语大词典的胡子[2]，就随随便便用起了这些意大利语词了。稍后，在此处或似处，我又快速倒下了一杯半的加糖奇索蒂[3]，毋庸多言，还伴随着杏仁糖，以及大糕小点的。在一口一口（的点心）之间，我稳重地想到——赞美上帝！——我是不是该从几个小滑头口中套出待会儿去协会的详细路线图呢？这帮家伙，他们立马就回答了我，嘴里吐着他们标志性的噗噗声，都说不认识，句号。他们呀，对本族中的萨拉曼卡[4]是如此之吝啬，他们原本不是该将它举到头顶上[5]才对么？他们的词汇是如此

1　西班牙口语，意为"钱"。
2　西班牙口语，意为"当着……的面"。
3　意大利人在阿根廷创立的格拉帕酒品牌，格拉帕酒是一种意大利果渣白兰地。
4　西班牙大学城。
5　西班牙口语，意为"赞美"。

之贫乏，他们话语的副本是如此之瘠薄！为把事情整明白了，我夸赞了一番他们的鄙陋：竟然不认得萨马涅戈协会？我这就要去那儿讲讲那位出身比克的哲学家，《教士的独身》的那位老练的作者呢！还没等他们从那恭敬的愕然中爬将出来，我就踏出了那馆子，再次化入了那汗津津的黑暗里。"

"你要这还不赶紧溜的，"巴雷罗博士道，"那醉铺子[1]里的呆子们还不得用马绳把你拽出去？"

语文学家反驳道：

"可俗话说得好，'他坐他的大塔墩，我走我的活板门'[2]。我怀着不错的心情，攻克了无谓横在我眼前的区区一里半的地——都是石头和泥潭，阻隔着鄙人与那群贪婪的学者们，他们正在萨马涅戈协会里苦苦等待着，怀着渴望与焦急，连勃利汉[3]亲自来给他们授课，都不会表现得更加不安生。而我呢，则优雅洒脱地奔走在一条下水沟里，我觉得它比蒙特西

---

1 阿根廷土语，意为"酒馆"。
2 系作者杜撰，形容"神出鬼没"。
3 西班牙俗语中有"比勃利汉知道得还多"，意为"知识广博"。勃利汉的来源众说纷纭，有一说法是一名叫奥布莱恩的英国博士，勃利汉是奥布莱恩的安达卢西亚发音。

诺斯洞底[1]还深呢,真是个幸福的回忆。夏天也没忘照顾我:它鼓起了浑圆的脸蛋,向我发射着又黑又劲的北风,而后者呢,又因蚊子和苍蝇而生动了几分。不过,所谓'一时一时,老天扶持'么,我起起落落地,也就走完了大部分路程了,只不过,我是被铁丝网刮了,被沼泽挽留了,被荨麻加了速,被恶狗拉成了条条,这完完全全的荒野向我亮出了它异教徒的脸孔。可我要说的是,所谓勇气,其含义就是不达目的不退缩:那个讨嫌坏子在电话里报出的那条街、那个门牌号——如果谈得上什么街和号的话:这荒郊野岭里,除了无限大,还有什么门牌号啊,除了世界,还有什么街?我立马就明白了过来:这协会、坐席、维吉·费尔南德兹和致辞人都不过是好心人的花招罢了,他们听不到我的声音,都不想活了,便策划了这一连串的骗局,也不管我愿不愿意,就合力把我投进了更有营养的工作的深井。"

"好一个玩笑,品位绝佳的玩笑!"一位穿着灰珍珠色绑腿,有着如丝般小胡子的绅士小声评论道。他以稍逊杂技

---

[1] 西班牙一处地下洞窟,曾出现在《堂吉诃德》中。

演员的灵巧，为这场聚会又平添了一种有趣的人格。事实上，从九分钟前，被包裹在哈瓦那蓝色云雾中的蒙特内格罗就怀着分明的耐心在听了。

"我早就料到这个了嘛，我差点儿笑成渣了。"邦凡蒂辩驳道，"我算是看透了，他们摆了我一道。可怜的人哪，我怕一旦再度踏上这耶稣受难之路，热浪都能把我的脂肪烫软喽，可我的幸运星告诉我，此事不会发生，因为一朵夏日的乌云飘来了，将平川化作了海洋，将我挺拔的礼帽化作了一顶蠢极了的纸帽，将围巾化作了一簇苔藓，将我的骨架化作了一块湿乎乎的烂布，将我的鞋化作了脚，脚化作了水泡。就这样，在汪洋大海中，曙光终于亲吻了我的额头，亲吻了我这只两栖动物。"

"要我说啊，您这是比娃娃的尿布还湿啦，"弗洛格曼发表着意见，一时忘记了他还昏厥着，"您妈妈的妈[1]，反正我们爬到电话那儿也不费什么力气嘛，就去骚扰一下她好啰。她指定能叫您记得，您跟一锅汤那么回去的时候，她是怎么给

---

[1] 阿根廷土语，意为"祖母、外祖母"。

您扎刺儿的。"

巴雷罗博士很赞同：

"你说对了，臭荚豆。谁会请这位'黑话吃屁去'去做讲座呢。"

"我也附议吧，没有什么保留意见了，"蒙特内格罗说话挺小声，"这个案例，显然就是我们所讲的……心理上的不可能了。"

"喂，你们这是没发觉嘛。"邦凡蒂抗议道，脸上挂着可爱的愤慨，"我有预感，这个难以置信的文化协会里的这帮无聊的人根本就没想好好躺我怀里吃奶啊；他们是被那股子的痒痒劲儿给攫住了，就想要吵吵儿一番，咋呼一下，好梗[1]、好拳、好跌跤……他们就只想当蜥蜴，只想当鳟鱼[2]。"

对此，巴雷罗的见解是：

"如果这加利西亚佬还要继续用舌头跑马拉松的话，我可退出啦。"

"确实，"蒙特内格罗同意说，"考虑到大家的意愿，我就

---

[1] 西班牙口语，意为"在喜剧中有极快的临场反应"。
[2] 西班牙口语中，"蜥蜴"和"鳟鱼"都有"狡诈的人"的意思。

当一下典仪官好了,把话柄交到一家之主手上,哪怕就是这一小会儿。我可以不假思索地预测说,他一定会逃离这座象牙塔的,伟大的沉默也迟早会把它收拾个一干二净。"

"赶紧攻下那座塔吧,就当是为我好了,"伊西德罗说道,"不过,要是您不想歇嘴的话,也可以趁机讲讲,您那晚在做什么。"

"说真的,您这遍起床号就跟主旋律一样回响在我这个老兵的耳边了,压过了那么多的闲话,"蒙特内格罗承认,"那么首先,我就要不可推卸地舍弃掉那些花言巧语、那些糊弄人的虚夸,开始一段科学的陈述了,它仅仅得意于真理的朴素之美,令人愉悦,高贵且有高贵的担当,蕴含着各式各样美妙而典雅的阿拉伯式装饰。"

这时,弗洛格曼小声插了一句:

"要我说呀,他肯定要放热气球了,还是连桑托斯-杜蒙特[1]都没放过的那种。"

"就别用那些蠢话来欺骗灵魂了吧,"蒙特内格罗讲了下

---

[1] Alberto Santos-Dumont(1873—1932),巴西航空发展的先驱,有动力装置的气球的研制者和飞行家。

去,"说有哪只预兆之鸟会提前几分钟预告我们朋友的死亡。来敲我门的并不是这样一只虚构的大鸟(与绿松石色的天空形成鲜明反差的阴郁而宽广的翅膀、弯刀一般的嘴、凄厉的爪子),而是切斯特顿的那位隐形的邮递员[1],这回他带来的是一个毫不引人注目的信封,像猎兔犬那么长,像转瞬即逝的烟圈那么蓝。说实在的,这信封上的题款——一个六十四等分的盾徽,还有波浪纹和饰边——是不足以打消我这位孜孜不倦的书虫的好奇的。我异常费力地瞟了一眼那坨象形文字、那堆古董,就决定了,直接看内容吧,肯定要比信封上那些华而不实的玩意儿有信息量多了,也能说明些东西。果然,我也就打了一个哈欠吧,就发现,给我写信的原来是女中魔鬼——那位着实叫人兴奋的普芬道夫-迪韦努瓦男爵夫人。她无疑是不知道的,我有个不可更改的愿望,我要把当晚献给我们的祖国(通过那起"阿根廷大事件":它会在赛璐珞胶片上将那次或多或少高乔式的游行英勇地延续下去),所以,她就邀我过去了,说是想叫我就保尔·艾吕雅的倒数第二首格

---

[1] 见《布朗神父的清白》中《看不见的人》(一译《隐形人》)一篇。

律诗的一份伪造的手稿给出专业意见。在这位夫人值得称道的坦率的开头中,她没忘提到两点,连最亢奋的人的劲头儿也会被它们压抑下来的:首先,她的庄园很远——观景别墅,我骗不到你们的,位于偏远的梅尔洛[1];此外,她只能给我奉上一杯一八九一年的托凯[2],因为她的用人们集体出逃了,谁知道去看什么叫人笑掉大牙的本地电影了。就在此刻,我掐到了你们的脉搏,知道各位肯定焦急万分了,因为两难出现了:是选择手稿还是电影呢?我要当暗影中的看客,还是帕纳塞斯山上的拉达曼迪斯[3]?不管你们觉得多么难以置信啊,反正我是把山顶的快乐给拒绝了;哪怕胡子雪白,这个孩子仍然忠于牛仔、忠于卓别林、忠于电影院里的巧克力贩子!当晚他们得胜了!所以果断地,到了揭晓答案的时刻了:我去影院了,我亦人也[4]么。"

---

1 位于布宜诺斯艾利斯以西约 50 公里处。
2 匈牙利的贵腐酒。
3 帕纳塞斯山是希腊的一处圣地。拉达曼迪斯是希腊神话中冥界的判官之一,负责处罚罪人。
4 原文为拉丁语,取自古罗马剧作家泰伦斯笔下著名台词"我亦人也,人之事岂能与我无涉"。

伊西德罗先生仿佛听得兴致勃勃的,用他一贯甜美的声音说道:

"快跑有臭虫!如果你们不赶紧把这块地方腾出来的话,我就叫弗洛格曼先生用臭屁把你们给融化喽。"

听到这样的请求,弗洛格曼立马起身立正,翻掌行了个军礼。

"自由射手为您效劳!"他在自己的欢呼声中喊道。

一波整齐划一的移民潮立时三刻就将他冲倒在地了。邦凡蒂腿没闲着,不忘从肩上抛回来一句:

"恭喜啊,伊西德罗先生,恭喜!真是岂有此理[1],这招分明显示了,汝是能把《堂吉诃德》上卷第二十章[2]唱下来了[3]哇!"

而跑得异常果敢的蒙特内格罗眼看就要超过古诺·芬格曼博士(又名"所有飞鸟中"[4])的双下巴了,却被伊西德罗先

---

1 原文表述方法最早出自《堂吉诃德》下卷第二十五章。
2 该章中有桑丘放屁的情节。
3 西班牙口语,意为"能流利背诵"。
4 引自一首高乔人民谣,歌词为"所有飞鸟中,我最爱猪,因为它会飞,还会坐上你的茅屋"。

生劝住了,顺便也逃过了"小马"巴雷罗(又名"畜力车")给他使下的又一个绊子。

"别会错意了,蒙特内格罗先生,等这帮异教徒滚了,我们手对手[1]谈谈。"

乌泱泱的那群访客里,如今只剩下了蒙特内格罗和弗洛格曼(又名"男厕")。后者还在做鬼脸;帕罗迪命令他赶紧消失;这个邀请得到了蒙特内格罗的烟盒和手杖的一再支持。

"既然疥疮们都退了,"囚犯说,"您就忘了之前的胡诌吧,告诉我那晚真正都发生了些什么。"

蒙特内格罗陶醉地点上了根伯南布哥超短[2],当下就摆出了二流演讲者何塞·加里奥斯特拉·伊·弗劳[3]的预备姿势。然而,他精准而富有实质的演讲从源头上就被听众那句平静的插话截断了。帕罗迪说:

"您看啊,那位外国夫人的信就是诚邀我们前往真相之路的请柬了。我就坦白说吧,您这么个总像是吃定量配给的玉

---

[1] 阿根廷土语,意为"一对一"。
[2] 伯南布哥为巴西一城市,该品牌疑为作者虚构。
[3] José Gauostra y Frau(1833—1888),西班牙法学家、政治家。

米活着的人，还常常吃不饱，怎么会拒绝这样一份赠予呢？尤其是我还记起来，打从哈拉普在厕所守着您的那一晚，您就一直迷恋她，跟半着魔似的。"

"向您致敬，"蒙特内格罗道，"确实，我们沙龙客么，更像是个旋转的布景，一边是橱窗，里面那些华丽的内容，都是预备给过路的看的——过路鸟啊，还有过路客——而另一边呢，则是忏悔室，那才是为朋友们准备的。那么下面，就让我来讲一讲当晚我真正的编年史吧。您的鼻子可能已经嗅到了，每回一到最后关头，我心里住着的那位贪婪的爱情探究者总会充当我行动背后的弹簧，包括这回，也是他将我领向了十一日火车站[1]。它纯粹就是个跳板，咱们你知我知啊，我直接就投向了不远处的梅尔洛。我是十二点差几分到的。那野性而灼人的热浪唷——还好，我戴了巴拿马草帽，穿了麻布外套——它分明就在预示着这是个无可避免的爱之夜了。

"身佩托套[2]的孩子总会保护他的信徒的，一驾乱糟糟的四轮大马车似乎是在香蕉树下等我，而它很快就会在一对慢

---

1 全称为九月十一日火车站，即如今的多明戈·福斯蒂诺·萨米恩托火车站。
2 该词既能指十字架托套，又能指枪套、箭袋。

悠悠的驽马的拉拽下移动起来。点缀在马车冠冕上的自然就是那位典型的御夫了，可这回这位是个神父，一身教士服打扮的可敬的他，手里还捧着本每日祈祷书。我们一路朝观景别墅驶去，沿途就穿过了，我跟您说啊，就穿过了大广场了。各式各样的灯啊，旗啊，花环啊，危险的乐队，大批人群，花生贩子的机车，恣意奔跑着的狗，一派欢腾的木制看台，看台上的军人……这一切当然没有逃过我这副日夜操劳的独目镜的警觉。一个一步到位的问题就足以为我解开这个未知数：我的车夫-神父坦白说——语气很勉强——这是这半个月里倒数第二次的夜间马拉松。咳，就让我们承认好了，值得赞颂的帕罗迪，我真是没法免去这顿宽容的大笑。这一整个儿的画面啊，就跟得病了一样：就在军人们舍弃了军人的粗暴、为的是把人们大可以理解的君权的圣火一代代地传下去的此刻，这帮乡野村夫倒开始不谨慎起来了，开始……哎，这些迷宫啊，弯路啊，多少时间就浪费在了这果断的泥泞里！

"然而，观景别墅的塔楼已经在月桂的帘幕后露了出来，送我过来的马车也停了；我将嘴唇印在了邀约的情书上，推开那扇小门，嘴里念着维纳斯，我到了。我轻巧一跃，便落在一片水坑中间了，那水里像是有柏油似的，我的双脚毫不费力地就穿透了青苔的第一层纤维。我可以说，这段水下的插曲其实没持续多久么？一双有力的胳膊立马把我拽了出来，它们的主人便是那位令人不安的撒马利亚人[1]，哈拉普上校了。这位萨瓦特[2]魔术师的惊人的反应力无疑是让人胆寒的。哈拉普和那位假车夫（正是我众所周知的敌手，布朗神父[3]）一路踢着踹着，就把我护送到了"仙女"普芬道夫的卧室，一道优雅的长鞭正续写着那位夫人的胳膊。然而，就在此时，我见到了一扇打开的窗，正对着月亮与松林，它正用新鲜空气诱惑我。于是，我连句再见都没说，连句对不起都没讲，连句丝绒般的或是血淋淋的俏皮话都没抖，就纵身一跃，跃入了花园之夜，在花坛与花坛间逃遁起来，身后还领着一大群的狗，它们甫一叫唤，就显得有原本的几倍多了。我们一路

---

1 《圣经》中，撒马利亚人营救了一位被强盗打劫的犹太人，后该词被用来指代好心人、见义勇为者。
2 也称法国踢腿术，一种结合了拳击与踢击的法国武术。
3 当然不是切斯特顿那位（赫瓦西奥·蒙特内格罗亲笔作的注）。

攻下了温室、苗圃、割过蜜的蜂房、水渠-水沟、针叶形的铁栅栏，终于来到了街上。没必要否认，那天晚上，命运还是站在我这边的。我不是穿多了么，原本一定会大大阻碍行进的，尤其是对于那些远不如我灵巧的人，可我的小狗们这一口那一口的，都咬得挺准确，就逐渐给我减负了。于是，风景不断变换，只见庄园古雅的栅栏让位给了佩古斯[1]的大工厂，大工厂又让位给了"饤车吃食"的餐馆，餐馆让位给了郊区名不符实的妓院，妓院又让位给了毛石房子和碎石路，而我的身后呢，依然拖着——锲而不舍——我喧闹的（狗）彗尾。我都不用停下来，就能肯定地说，我后方这群兴奋的家伙，绝对是人为调教的。所以，我就只能真心痛苦地面对这个可能性：那个车夫-神父以及那位上校就是在我后头挑事的人了。我奔跑着，被灯光迷花了眼睛；我奔跑着，四周是欢呼与祝贺；我奔跑着，一举窜过了终点，直到一道拥抱的海湾终于把我给截住了，也将奖牌与肥鸡强塞给了我。大赛评审团——它是由胡安·P. 庇斯的那个令人难忘的包厢中的

1　皮鞋品牌。

某位特殊人物亲自主持的——他们全不顾被啃到的其他选手的抗议，全不顾那阵突如其来的将胜利者的前额吹干了的暴风，几秒之后，它就被罩进了那道轰隆的雨幕里。他们通过投票，一致同意宣布我为此次马拉松当仁不让的冠军。"

六

一九四五年七月一日，伊西德罗·帕罗迪先生收到了来自拉迪斯劳·巴雷罗博士的一封信，信是在蒙德维的亚写的，以下就是其中一个片段：

"……瞧我寄给您的惊喜，您还怕卫生所不给您床位么，您就想破脑袋地想吧。不过，在这儿，我可要履行我绅士的诺言了，尽管没谁在逼我。听到我跟您摆谱的这段神话呀，您可别吓傻了：我接下来要奉献出的就是一段猪牌的供述。

"下述签署人自其自助律师侍酒所[1]向您匆匆寄来了这份肉肠，旨在……配上一杯来自巴西的绿黄金[2]，自从有了它，市面上都见不到菊苣[3]了。

"那次我们交换完意见,我就跑这儿来了,像钟表一样精准地履行了您的指示。我也知道,您是不会去喷我泥巴的。那回您把我逼到了绳圈儿边上,我就不得不把我是如何参与了那起令人遗憾的事件的细节都向您和盘托出了;而现在呢,我把它们打成了铅字,这样那些掉铺板儿[4]的就不至于沾上一身灰了。

"就像您低低飞[5]着就啄到的一样,那一整个烂摊子都是围绕着那个彩图故事,被杀害在亭子里的英国人[6]展开的。倒霉的坟包佬:是我在他的头皮屑和后脑勺间插进了那段情节。

"第一幕,幕布升起,一个粗糙的图书馆。主持人是我,而我唯一的劳活儿[7]就是吸收点书钱。结果有一天,那铜锣就出现了——他的名字叫作勒·法努——凭着几句诽谤中伤,就在部里营造出了一派无比针对我的气氛。那么好,他出卖

---

1 这里用的词"bufete"既能表示律师事务所,也能表示自助餐。
2 指咖啡。
3 当时,用菊苣根煮制的饮料常被用来作为咖啡的替代品。
4 阿根廷土语,本意为"从床上掉下来",转意为"蠢笨的"。
5 阿根廷土语,意为"探查"。
6 指前文所述,切斯特顿《布朗神父的怀疑》中的《狗的神谕》。
7 阿根廷土语,意为"工作"。

了一个不认识的人，又会得到什么卑鄙的奖赏呢？任何愿意听的人，我都会告诉他，我像被塞到粪坑里似的，出局了。

"兹证明，只要是别人的冒犯，我都记得特别清楚，是完全可以嘲笑那些死记硬背派的程度。对于那些可恨的人，我会像帕沃·努尔米[1]一样追逐他们，穿着我的大衣。哪怕您把耳朵堵上了，我也会用圣胡安的钱[2]跟您发誓，说：我只要一天不把勒·法努的账结了，我就一天不踏进佩罗西奥[3]。被罢免的那天，我差点没问那打小报告的，那玩意儿，是不是要齐彭代尔[4]给他做呢。

"然而，他非比寻常的坚决没有让他头脑发热，他只是站在那儿等着，比边裁还镇定。我还在坐等一切抽枝发芽呢，就中头奖了：一个胖麻子犹太人；他是从汉堡过来的，有一

---

1 Paavo Nurmi（1897—1973），芬兰人，当时世界上最出色的长跑运动员。
2 有一首教会歌曲："锯吧，锯吧，圣约翰的树"，由于西语中，《圣经》中的约翰即为胡安，阿根廷反对党将此歌曲改为"哪去了，哪去了，圣胡安的钱"，用来讽刺庇隆政府拿了1944年圣胡安大地震的赈灾款却没干实事。
3 一家意大利餐馆，作家们常在那里聚会。
4 Thomas Chippendale（1718—1779），英国家具设计师、制作家，被誉为"欧洲家具之父"。

大包的鸟屎要奉还。还没等我吓他一吓，这位摩西[1]就显形为了一位绅士，还给了我个大大的惊喜，是说，那个已经跟主教敲定了日子、要跟小潘帕斯同居的勒·法努，原来还在柏林待过，还娶了这位先生的姐姐，一个希伯来缺耳子——却明明白白地背着爱玛·芬格曼·德·勒·法努的名字。为了回报他这个秘密，我就在银币上钻孔子了，我无私建议他，为什么不敲那摩门一笔呢，当然了，我也是想玩个阴的，叫那俄国佬坑他几个子儿的。

"从那俄国佬的招数是如何带给我精神上的胜利的，我很快就能过渡到以下这句恭维话上。勒·法努，这就是个穿着上浆领子的一丝不苟的代表，他立马就发现了：同时担任着三A会出纳的古诺·芬格曼侵吞了他的财产。

"您也别觉着这样一个消息就会打乱我的脉搏，我下了个套给那个赴死者向您致敬[2]。我以他的丑脸发誓，我一定勒住那出纳，给他世纪一勒。于是，我就直接来了个凌空抽射，选了士官日那天，到阿卡苏索去了——那个不戴帽的俄

---

1 指芬格曼的犹太人身份。
2 原文为拉丁语，记载中，即将被处死的罪犯用这句句子向皇帝致敬。

国佬的法定住址,他就在那儿过夜。我把临床表征图给他一看——实话说,那些周线老迷人了——他当场就脱水了。我赶紧给他敷上了危地马拉的马林巴琴声,把下面这个信息送进了他的脑门儿:在我这里,他贪污的事是个秘密,我早吞肚里了。但紧接着,我又给他奉上了那个莫大的真理,沉默是金,让我闭嘴是要付出代价的,它的直接后果便是,他得成为我的动产之一,每月给我产出一笔与行政长官(上校级)相称的进项。结果呢,这个吃洁食[1]的就不得不开闸放水了,那重婚人不得付给他的勒索的钱么,他就一个月接一个月地转给我。就这样,这个贪得无厌的寄生虫就养成了个好习惯:每到三十一号,要不就是三十号,就会给我钱付[2]。他还怀抱着那个让他抖抖豁豁的幻想:别到勒·法努那儿去告他贪污,殊不知,这事正是勒·法努自个儿告诉我的。

"然而谁能想到,这些美好时光里的欢乐最终也化作了一摊猪油。勒·法努,在'没叫它也总能掺上一舌头'这点上,是比腊肠犬还凶的,他相信了不知道谁的一段不知多么卑鄙

---

[1] 指符合犹太教规的食物。
[2] 同一单词的前后音节颠倒,即"付钱"。

的谗言，就倍儿有底气地来当面控诉我了，说我在坑那个俄国佬。为了让他转移话题，我选择了像个英国人那样付他封口费，这样一来，就形成了个闭环了，因为，勒·法努会给俄国佬钱，俄国佬则会转账给下述签署人，而下述签署人，即我本人，又会给勒·法努打款。

"一如往常地，又是犹太会堂这个因子打破了我们之间微妙的平衡。芬格曼这个吃不饱的，在原来的基础上，又跟勒·法努加价了。那么，为了不让人说道，说一个土生白人，怎么甘居人后了呢，我也不得不跟他加码了。那么好，这就是那个精彩一刻，闭环被剪断了。

"我决定兑现我早先的梦想，把勒·法努埋了，深深埋进土里。所以，当我在刮脸的那儿读到那起凉亭罪案[1]时，我就想到洛洛的亭子了；我做了个通盘的考虑，在那块地方，我能不能也通过哪道缝隙，把勒·法努给办了呢。可那些天里，洛洛没跟他好，倒是跟俄国佬走得近。遇到这么不利的先决条件，要是个不这么精明的，可能也就放弃了，把计划跟折

---

1 其实《狗的神谕》中的罪案发生在别墅而非凉亭。

116

叠床似的扔边上了,可我呢,却硬是从这里头想出了个绝妙的方案来:我只是简单指点了一下托尼奥,跟他提了句那起凶案里的别墅和剑杖:一个一目了然的计划,都不带翻页的,他可以用它去干掉那'丁勾';没有了那个最大的障碍,他就可以跟潘帕斯成婚,从而在社会阶层上翻出那个大大的跟头[1]了。那罪人当场就吃进了我的建议,又因其私利,安排了全套的不在场证明——到了终审时刻,它们的用益人却成了我——他约了他的一群信徒到电影院去,随后又匿名把他们差去了东南西北四个角,知道他们一定会断然选择拍他的马屁、选择支持他的说法,这样一来,电影院的不在场证明就不会被人揭穿了,事情大概率会顺利。于是,托尼奥便像只土鸡[2]一般地落到了那下边,怀着他邪恶的想法,要把那闪米特人做了、用他的剑杖把犯罪事实串上烤熟了;然而上帝可不愿见他用如此暴行玷污了那双手,躲在一棵树后的我用一把点四五口径手枪打穿了他的太阳穴。至于写到别墅罪案的那本书么,勒·法努通过弗洛格曼送给预想被害人的那本,

---

[1] 阿根廷土语,意为"成功"。
[2] 见 P65 注释 3,意为"无辜者"。

我就斗胆不同意您的看法了吧？勒·法努应该不是以炫耀的心态送出那本书的，把它放到调查人员鼻子底下：你们就是看不见！不如把西装反过来瞧瞧呢？这反而是那个烨奴才的设计了：有哪个脑瓜会想到，罪犯竟会通过一个光天化日下的诡计，把解答寄给警察呢？

"您不会否认吧，这是一起脱离常规的血案，因为，无论是它的设计、圈套，还是不在场证明，都是由被害者自己负责的。"

一九四三至一九四五年

普哈托-加利福尼亚-凯肯-普哈托

JORGE LUIS BORGES
ADOLFO BIOY CASARES
Un modelo para la muerte

Copyright © 1995, María Kodama

Copyright © Heirs of ADOLFO BIOY CASARES and JORGE LUIS BORGES, 1991

All rights reserved

图字：09-2010-605号

图书在版编目（CIP）数据

死亡的样板 /（阿根廷）豪尔赫·路易斯·博尔赫斯，(Jorge Luis Borges)，（阿根廷）阿道夫·比奥伊·卡萨雷斯 (Adolfo Bioy Casares) 著；施杰，李雪菲译．— 上海：上海译文出版社，2020.7
（博尔赫斯全集）
ISBN 978-7-5327-8438-7

Ⅰ.①死… Ⅱ.①豪…②阿…③施…④李… Ⅲ.①侦探小说－阿根廷－现代 Ⅳ.①I783.45

中国版本图书馆CIP数据核字（2020）第105196号

| 死亡的样板
Un modelo
para la muerte | 豪尔赫·路易斯·博尔赫斯
阿道夫·比奥伊·卡萨雷斯 著
施杰 李雪菲 译 | 出版统筹 赵武平
责任编辑 张 鑫
装帧设计 陆智昌 |

上海译文出版社有限公司出版、发行
网址：www.yiwen.com.cn
200001 上海福建中路193号
上海信老印刷厂印刷

开本850×1168 1/32 印张4.25 插页2 字数51,000
2021年3月第1版 2021年3月第1次印刷

ISBN 978-7-5327-8438-7/I · 5182
定价：65.00元

本书中文简体字专有出版权归本社独家所有，非经本社同意不得转载、摘编或复制
如有质量问题，请与承印厂质量科联系。T：021-39907735